《随笔》文丛

青萝集

林贤治 著

SPM 南方传媒 花城出版社

中国·广州

图书在版编目（CIP）数据

青萝集 / 林贤治著. -- 广州：花城出版社，2025.
4. -- (《随笔》文丛). -- ISBN 978-7-5749-0398-2
Ⅰ. I267.1
中国国家版本馆CIP数据核字第2025HW5459号

青萝集
QING LUO JI

林贤治／著

出 版 人	张　懿
策 划 人	麦　婵　王　凯
责任编辑	揭莉琳
责任校对	梁秋华
技术编辑	凌春梅
封面设计	张年乔
出版发行	花城出版社
经　　销	全国新华书店
印　　刷	深圳市福圣印刷有限公司
开　　本	787 毫米×1092 毫米　32 开
印　　张	7.625　4 插页
字　　数	135,000 字
版　　次	2025 年 4 月第 1 版　2025 年 4 月第 1 次印刷
定　　价	62.00 元

版权所有・侵权必究。如发现印装质量问题，请与出版社联系。
联系电话：020-37604658　37602954

作者像

题　记

平日读书喜读序跋。

新书每一到手，必先从边缘开始，翻看首尾两端，然后进入内文。序跋有一个好处，除了易于了解全书的内容、著者的履历，或是成书的经过等等之外，往往还可以掇拾一些散落的花絮、籽实，不相干的碎屑，譬如即时的感兴、怀思，以及相随的笔调之类。对于这些近于多余的文字，说实在话，我尤为喜欢。

序跋可长可短，似乎没有严格的规范，短的寥寥数行，长的洋洋万字。梁启超为人作序，结果因为太长，序作不成了，只好单独成书，就是后来的那本《清代学术概论》。

一般说来,序跋是书的附属物,所叙应是书人书事;但也有离题万里,"顾左右而言他"的。惠特曼出版《草叶集》时,曾化名写过几篇书评,自吹自擂地给自己的书做广告。可是书中长达几万字的序言,说的唯是美国、美国人和美国诗歌。他为"伟大的诗人"制定准则,抽象地谈说创造与美,一派宣言的口气,庄严到极点,却自始至终没有一句话提到诗集本身。鲁迅的杂文集《伪自由书》和《准风月谈》各有一篇很长的后记,而且都是粘贴剪报做成的。批评者说,作者印书的本意"完全是为了一条尾巴"。鲁迅自承道,他的杂文"写的常是一鼻,一嘴,一毛";只有加上"一条尾巴",才使得全体的形象更见完整。

文字一经组织便有了灵魂。序跋虽谓是书中的有机部分,却并不妨碍它们各自的独立的存在。

弄笔以来,出版过几十种书,编选的书大概也有上百种。因为需要,也因为喜欢,乃断断续续地写下一堆名为序跋的东西。倘是介绍经典或他人的著作,所写多少沾带些论文的气味;若是自家的著作,则少了许多顾忌,自说自话,或许算得是随笔式的写法。承蒙刘永光先生约编一个集子,便从中选出若干较短的篇什,凑成眼下的样子。

忽一日,瞥见阳台外的一丛青萝,不觉满心欢喜。青萝，卑贱且柔弱，需得依托他物，但是自有它的方向；倘若没有自由的意志不可能如此生长，穿越铁栅，追逐阳光，一直攀缘向上。最可喜的是遍身青翠的颜色，四时不凋。

由是，集子便有了一个很现成的名字了。

2024 年 3 月

目录

原野

《自选集》自序 \ 3

《沉思与反抗》自序 \ 10

《自制的海图》题记 \ 14

《时代与文学的肖像》自序 \ 17

写在《故园》后面 \ 20

《我是农民的儿子》序 \ 23

《烙印》序 \ 27

海流

《1984》的一个新译本 \ 35

《哲学船事件》前言 \ 41

《寒星下的布拉格》代译序 \ 50

《火与废墟》引子 \ 59

《革命寻思录》后记 \ 66

《1911：潮打危城第一波》小引 \ 70

《五四百年回顾丛书》总序 \ 75

《五四之魂》自序 \ 84

《夜听潮集》题记 \ 89

《世纪流向》编后记 \ 92

星空

《午夜的幽光》题记 \ 97

《纸上的声音》题记 \ 100

《流亡者丛书》序 \ 104

《流亡者之旅译丛》序 \ 108

《人间鲁迅》引言 \ 113

《鲁迅的最后十年》引言 \ 116

《一个人的爱与死》自序 \ 122

《无声的中国》编者序 \ 127

《鲁迅研究五十年》序 \ 134

《盗火者》编后记 \ 144

园田

《人文经典》序言 \ 149

《五四新文学正典》前言 \ 154

《文学中国》序言,或一种文学告白 \ 165

《中篇小说金库》前言 \ 176

《随笔六种》序 \ 187

《自由诗篇》序 \ 191

《曼陀罗文丛》序 \ 196

《曼陀罗译丛》序 \ 200

《紫地丁文丛》序 \ 203

《忍冬花诗丛》序 \ 206

荫影

《狱中书简》编后记 \ 211

《同志与情人》编后记 \ 214

《献歌及其他》编后记 \ 221

《陈实诗文卷》代序 \ 223

《远去的人》编后记 \ 234

原　野

《自选集》自序

由于出版社给了一个编印自选集的机会，便得以"从头收拾旧山河"，从个人的写作生涯中，仔细择取其中的文字并集中加以检视。这些文字，在读者看来未必便佳，但于个人来说，不论好坏都连着自身的血肉；且光阴如驶，情随事迁，保存下来至少有着纪念的意义。

我迷恋文学始于中学时代。在一位"右派"老师的指导下，阅读从中国现代开始，再及于古代，然后是外国文学；阅读当代文学很晚，已经临近高中毕业了。五四文学接触最早，回想起来，影响也最大。它给了我以一种人道主义和个人自由的思想底色，再就是世界主义的眼光。这些思想观念上的东西，在当时，通过文学的主题、形象、故事，还有氛围和韵律等，悄然渗透一颗纯白的心灵。

鲁迅始终是我最喜欢的作家。他的乡土小说，包括《阿Q正传》，是我愿意读的；毕竟是乡下的孩子，读起来感到亲切。虽然杂文还不能完全读懂，但是能感受他作为一代独立、自由的知识分子精神领袖的巨大气场。他批判中国历史和国民性，以及有关"实人生"的篇什，多少能有所领略，曾在笔记本上摘录过不少"警句"。"文革"后期，由于经受过许多变故，有过苦痛的经验，这才真正懂得他，热爱他，接受他的导引。

不知道是阅读的诱惑，还是出于成长期的创造的欲念，我尝试着在纸上誊写一些让自己感动的文字。在学校里，我写了二十多首短诗，一首长诗，两个小诗剧。幸好小诗剧保留了下来，这里选作首篇，可以就中照见当年耽于想象的少年人的影子。还写过一些短小的散文，很可惜毁于同学的告密，三个册子全被校方没收了。为此，作为"和平演变"的典型，我得每周写作"思想汇报"。后来才知道，许多知识分子都曾使用过这种文体，只是对于一个学生来说，未免尝试得太早。被没收的诗文，可能保存在个人档案里，"文革"开始时曾被当作"牛鬼蛇神""小邓拓"的罪状，以大字报的特异形式发表出来。

"文革"期间几经劫难，写诗却未曾中断。除了后期一首楼梯式抒情长诗,记录个人的精神觉醒之外,所写的两首长诗及少数短诗,均属流行的"颂歌"。对此,我曾在《沉思与反抗》(复旦大学出版社 2010 年 8 月第 1 版)的自序中写道:

> 或许,仅仅出于无知而粉饰太平是可原谅的;问题是,当时的时势已经使我因长时间的恐惧与忧虑而感到厌恶,甚至绝望,写作是在头脑清楚而非狂热的情况下对现实的改写。我说这是耻辱,不是屈辱,是因为当时这种背叛良知的写作完全是自觉进行的,并不存在任何外部压力;仅仅为了实现个人的目的,便甘愿与邪恶势力合谋。如果说屈辱乃来自对强制力量的服从,尚有一点心的反抗的话,那么,像鲁迅说的"亲亲热热的撒娇讨好",直至"忠而获咎",是只能认作耻辱的。

我愿意在这里重复写下这段近于忏悔的话,是因为这个教训对我个人来说实在太深。

二十世纪七十年代后期,随着"文革"的结束,我的竖琴拂去了不正的声音,还有往日的悲抑,从此开始扬起来自心底的激越的音符;即使歌唱黑夜和滴血的喉管,也伴有早春背景的和声。《长城辞》的结尾部分，集中表现了这种个人的，也是时代的亢奋。但不久，也写了《墙》《黄昏》《贝多芬》和《沉船》等另外一些短诗。此外，还写过几首长诗，待写完《悲剧的诞生》之后，自觉诗的思想容量不够，就同缪斯挥手告别了。

曾经出版过两个诗集：《骆驼和星》和《梦想或忧伤》。虽然断续的歌唱有一致的音色，而音调毕竟有所变化，多少可以看出转型的大时代所带给一个小人物的精神震荡。

二十世纪八十年代，我投入《人间鲁迅》的写作。在此前后，写过一些短小的散文，多发表在报刊上。文字的内容包括几个方面：一、乡土题材；二、在阅读西方传记时，为一些战斗者、流亡者、牺牲者所感召，随手写下读后的印象和感受；三、思絮的记录。这些文字，大多收入集子《平民的信使》中。1993年，同邵燕祥先生合编《散文与人》，因作《论散文精神》，表明创刊的宗旨。关于散文，人们多从内容或形式方面进行讨论，其实，精神是带根本性的，它决定散文的品质。所谓"散文精神"，它意味着个人性、真实性、现时性、创造性、不驯性，简言之，就是一种自由精神。

1997年，发表长文《胡风集团案：20世纪中国的政治事件和精神事件》，是我写作史论的开始。后来还写下《五四之魂》，以及《五十年：散文与自由的一种观察》《中国新诗五十年》《1911：潮打危城第一波》等，论域涉及革命、社会运动、知识分子与文化、文学与艺术等，多少带点精神史、思想史的性质。评传《鲁迅的最后十年》，其实同上述史论是属于同一谱系的，故有论者评为"思想评论"。

《胡风集团案》在我个人的写作史上是一个大的转折。从此，我的阅读及写作，溢出文学之外，更多地集中于历史，集中于国家的政治文化体制、意识形态、文化政策，以及知识分子问题。全景式的文字写得不多，写作大抵从个案出发，而且材料也多择自外国，这样写起来感觉较为便捷。但因此，利用随笔的形式就变得再自然不过了。

理论上，随笔是散文的一个分支。我们所称的散文，其实是狭义散文，包括记叙文、抒情文，连议论文也被分了出去。表面上看，随笔接近论文，但亦常常借碎片化的知识进行"娓语"式的叙述，随机释愤抒情。比起惯称的散文来，随笔反而格局更大，涵盖面更广。鲁迅的杂文集，将散文，甚至广告、启事都囊括其中，所谓"杂感"，其实大可以看作随笔的。笔，即文字断片；随，即自由书写，有一种开放性，是一种无边的文体形式。美国政治学者阿伦特推崇随笔对于思想的洽合性，应当是有根据的。

二十世纪九十年代以来，个人结集出版的随笔集有《守夜者札记》《时代与文学的肖像》《午夜的幽光》《纸上的声音》《夜听潮集》等。关于艺术的著作《火与废墟》和政治学著作《革命寻思录》，若以文体分类，也都算是长篇随笔。

十年前，曾经同筱敏女士合编过一种丛刊《人文随笔》，创作与译文各半，意在引进更多国外的随笔文字。但是，未及两年，便同编辑过的其他几种刊物一样，中途夭折了。

从开篇的诗剧到前不久写作的介绍苏联传媒帝国的书评，不想前后已跨过了半个世纪。回顾这段不算太短的历程，我还能说些什么呢？重阅为《沉思与反抗》作的序文，其中关于写作的自述，拿来表达此时的意向和心情，仍然是合适的：

> 为什么写作？因为热爱自由。自由是第一性的，艺术和学术是第二性的。……能在感性与理性之间，在诗与思之间，在艺术与学术之间找到一条贯通的道路是好的。如若不能，我宁愿返回创作，返回诗，摆脱灰色的理论，抛弃长期以来用逻辑语言建构的形

式，连同时时受阻的苦恼，去寻找一种最切合我个人的方式，因而也是最自由的方式，让自己尽可能地接近生活和生命中的真实。

原意写篇短文，对自选集作个交代；旧文抄讫，也就可以打住了。

2016 年 8 月 27 日深夜

（贵州人民出版社 2019 年 3 月第 1 版）

《沉思与反抗》自序

复旦大学出版社慷慨赠予一个出版文集的机会,要求编选范围在近三十年之内。我从最初发表作品算起,距今恰好是三十年左右的光景,不算"资深"。

三十年时光模糊了有关写作的许多记忆,但是,有一段耻辱史却完整地保存下来,历历如昨。1974年前后,为求发表,我曾按报刊的模式制作了成打的颂歌。或许,粉饰太平仅仅出于无知是可原谅的;问题是,当时的时势已经使我因长时间的恐惧与忧虑而感到厌恶,甚至于绝望,写作是在头脑清楚而非狂热的情况下对现实的改写。我说这是耻辱,不是屈辱,是因为这种背叛良知的写作完全是自觉进行的,并不存在任何外部压力;仅仅为了实现个人的目的，便甘愿与邪恶势力合谋。如果说屈辱乃来自对强制力量的服从，尚有一点心的反抗的话，那么，像鲁迅说的"亲亲热热的撒娇讨好"，直至"忠而获咎"，是只能认作耻辱的。

这种非主人式的写作，幸而时间不算太长。至1976年5月，事实到底撕破了我的源于"隔膜"的好梦，廉价的颂歌唯因"政审"而卡死在出版机关那里。当然，我得非常感谢鲁迅那富于洞察力的著作对我的及时的救助。我学习着解剖自己。我在自身的耻辱和苦痛中吸取教训。

写作必须真诚，无论理论，无论诗歌。写作不能外在于自我，作品必须像鲜血从血管里流出，泪水从眼眶里流出一样真实。首先，写作得让自己清醒，让自己感动，贯穿自己的生命而让自己从中受到鼓舞。必要时，写作将成为一种抵抗，它是压迫的产物，正如鼻孔和嘴巴被蒙住时所作的粗重短促的呼吸，它的急迫性，相当于一次自我拯救行动。要自己发出声音，就不能借助别人的咽喉；不得已时使用他者的概念，甚至用语，也当如武器和工具一样，是自家手足的延长，属于个体语言的一部分。许多所谓的"规范"，往往是反个体、反真实的，如果说有什么"规范"值得循守的话，也只能出于自由表达的必需。

我以为，要获得并坚持"求真意志"是困难的，必须时时抵制、拒绝外部的诱惑，尤其是主流价值的诱惑，时时同自己内心的懦怯、虚荣、盲从、苟且的习性抗争。

我的写作是从诗开始的，后来写传记、散文、评论，也可算作"公众性散文"。所谓"公众性"，是指题材、主题的非私人性质。随着对个人问题的深入思考，必然涉入社会而使之带上一种普泛性；这跟知识分子从根本上追求普遍的价值和意义，毕竟有很大的不同。知识分子是为理念而生的人，他们身上所具有的超越性、独立性、使命感和批判的勇气，都不是我所可企及的。我承认，我做过种种努力，迄今为止仍然无改于一个犬儒主义者的角色。但是，我对现实世界尚不失关切的兴趣，不想像赫尔岑形容的一些学者那样嚼食枯燥的概念度日，虽然在写作的实际过程中，不能不使用学者制造出来的各种知识。

为什么写作？因为热爱自由。自由是第一性的，艺术和学术是第二性的。俄裔英国哲学家伯林高度评价叔本华和尼采，置于康德、黑格尔之上，就因为他们反体系而返身于自由书写。但因此，伯林指出，"两个人都不属于学术界"。其实伯林本人又何尝不是如此，在他的身上，便可鲜明地看到俄罗斯知识分子的血统。

能在感性与理性之间，在诗与思之间，在艺术与学术之间找到一条贯通的道路是好的。如若不能，我宁愿返回创作，返回诗，摆脱灰色的理论，抛弃长期以来用逻辑语言建构的形式，连同时时受阻的苦恼，去寻找一种最切合我个人的方式，因而也是最自由的方式，让自己尽可能地接近生活和生命中的真实。

遵照出版社所要求的体例，将三十年的作品选编如次。据说编年的形式有助于知人论世，倘使果真如此，那么，在这里展现出来的近三十年的人生是有缺陷的。我省略了根本不容省略的历史内容，而且，在关键时刻，我听不到自己的声音。为此，我至今仍然感觉内心沉重，因为这也是一种耻辱。当明日来临，我定将抽出手来，补写为昨日所遗漏的空白的一页。

2009 年 9 月 14 日，灯下

（复旦大学出版社 2010 年 8 月第 1 版）

《自制的海图》题记

历史研究是一件奢侈的事。人生在世，倘若有余暇回首个人往事，甚或可能如实记下所历的"沧桑"，已不失为一种幸福了，遑论天下呢？

把社会事件、人物、问题制作成一门职业、学问、教程，并名之为"历史"者，大约来源于两类人。首先是权力者，利用史官记录、编造、删除、涂改，把材料意识形态化。其次是学者，他们做的是学术工作。材料原本丛生于生活之中，散发着生命的各种气息；当他们一旦将材料收集到手，为了永久保存，总是设法把气息——有机体最重要的特征——给除掉。所以，说学者大抵由史官蜕化而来，也不算诬枉。通过修史，他们把时间垄断起来了，目的是使之成为集体的强制性记忆。当说及个人历史时，难免要牵涉社会历史，这样实际上也就无法避免历史学的霸权话语的干预。历史是不同于历史学的。而历史学这东西，由来太迁就公共性、既存性、永恒性，这是为它的成因所决定的，因此，有必要使它回到个人性上面来，由生存个体的感知，显示历史的时间效能。历史不是封闭的，而是向未来作着不断的延伸和衍生。如果历史学也算得是一门科学，那么，它必须体现历史自身的这种人文性和开放性。历史是一个范围，动荡无际，并不存在固定的范式，本当可以自由猜想和言说的。

本书收入年内写作的两篇长文。一篇关于五四，其实是从那里发端而对近一百年历史——主要是思想文化史——所作的一个概观；另一篇，则是关于二十世纪后五十年中国文学的一个侧面——为出版界所接受的散文写作——的一点窥测。在时间上，两者有一种连续性。这种历史连续性提供了一个共同的背景。许多思想，无论化装或不化装，就在这一背景上化出化入，使我看得惊奇。老实说，虽然所写是政治、社会革命、文化运动、文学现象种种，是知识分子群体的精神迁变，在我，重要的是据此表达本人的实际感受，我的对于自己和他人的哀悯、不满与不平。当穷尽许多时间，进入陌生的历史之后，还有一个想法就是,我得确切地知道:关于我自己,到底身在何方?

譬如航海。直到离开海岸以后,我发觉我没带海图。当然,即使此前握有别人绘制的海图,只要意识到出航,我也未必使用的。原因很简单,如果沿袭长期以来从不变易的航线,即使自以为独立驾驶,也无异于别人的船上的一名乘客。然而,致命的是山民出身,于大海简直一无所知。所谓航海,常常进退失据,此举无非表明私下的一种意愿罢了。在没有方向的方向中行驶,尤其在礁区,其结局,一半是命运,另一半才是探寻。

可以肯定的是,我无法抵达彼岸。我将长久地留在漂移和冲击之中。给本书取名"自制的海图",说得太夸大了。事实上,海图是没有的,只能说是一份日常思考的记录,就算是"航海日志"之类罢。这种东西,于自己是一份纪念,于别人则是毫无用处的。

航海毕竟是个人的事情。

1999 年 12 月 26 日

(大象出版社 2000 年 6 月第 1 版)

《时代与文学的肖像》自序

五六年前,曾暗自许愿写一部关于"革命圣徒"王实味的书,后来又起意写一部关于乡下人的书,结果都没有写成,却断断续续地写了一批文化—文学批评性质的文字。这是没有料到的。这样的文字,除了收入已出版的三个集子之外,余下的差不多都在这本书里了。

世间的文字大约有三种:一是独语的,二是对话的,三是宣讲的。独语的文字多写在伍尔夫说的"自己的房间"里,像狄金森、普鲁斯特、卡夫卡,都是独语式作家。对话可以是幽闭的,也可以是开敞的,但是一定有明确的对象。书信显然是对话的文字、期待的文字,所有的倾诉都在等待回声。柏拉图式的对话,其实不是对话,而是宣讲，他的身份是教师和自拟的哲学王。宣讲也有各式的，地点或在校园，或在会议大厅，或者就在广场上。广场的声音未必尽是庄严的，但是，社会的正义之声往往出自那里。在三种话语形态中，我最喜欢的是独语，房间里的声音。而对话的倾心，宣传家的信仰、热诚、全力以赴，又常常构成难以抵御的蛊惑。尤其是广场上的声音，像林肯的废奴宣言、梭罗的不合作主义的声明、马丁·路德·金的关于"我们为何不能等待"的讲演、潘恩在人权问题上对柏克的驳诘、左拉为德雷福斯作的辩护、托尔斯泰为被政府杀害的农民作的控告，以及中国的鲁迅为死难学生而作的出离愤怒的悼文，等等，读后没有不血脉贲张的。我大约是一个好事之徒，从小受到乡民的蛮气的传染，后来却多出几次政治运动的威吓，无论如何，早已失去了平和之心。所以，房间与广场虽然相距甚远，但仍然不免向窗外探头探脑者，实在并非因为着意倾听所谓的"风声雨声"，说得简单点，有时竟仅仅为了打听一下远处的响动之所由来而已。

也许，每个人都要受环境的牵系的罢？耽守在自己的房间里而又偏说些关于广场的话，其肤浅和尴尬可想而知。但愿有一天，让广场众声喧哗，让人们自由诉语去，我则全然返身于独语的世界。那时，我只管说自己的事情，任时间之河从心中汩汩流过，没有河岸，也没有岸上那些凌乱的脚踪。

2001年冬，于南方之城

（人民文学出版社2002年5月第1版）

写在《故园》后面

两三年前,我写过一篇纪念母亲的文字。发表后,很想捎带一本杂志给病中的三姐,然而不能。其时,她已经和魔鬼签订了合约,愿意接受苛刻的条件,将自己幽囚起来,直至离世。

三姐的病故使我伤感、迷乱,头几个月一直处于一种悬空状态,几乎不能做事。我还原成了一个没出息的孩子,想远去的亲人、故家、门前的空巷,想邻居和许许多多熟识的村人。这时,乡愁就像雾霾般包围了我。

乡愁是一种疾患。怀乡病是摧毁性的。当楚霸王项羽和他的子弟被置于四面楚歌的境地时,乡愁为乡音所诱发,致使全军顷刻瓦解。像我这样天生脆弱的人,如何可能抵御乡愁的侵袭？幸好写作已成积习，一旦重新开始，总算由文字的带动，使自己从一片灰黑色地带慢慢地走了出来。

开始时，我从零乱中极力寻找记忆的碎片，意图拼凑一篇关于三姐的文字，结果不能成章，终止了。由此出发，不期然陆续写成另一组文字，都是记叙村中的小人物的。这里走过三代人，其中有几位还是三姐的同龄人，他们的命运，贯穿了中国南方一个村落的七十多年历史。没有田园诗，虽然村子周围的原野、道路和林木，以及父老兄弟在田间劳动的场面，可以构成中世纪式的恬静的风景，但是所有这一切，都只是镶嵌在一部乡村命运史中的细节而已。整部历史是嚣骚的、冲突的、撕裂的，即如一条浑浊的河流，常有不测的风涛兴起。

我和三姐在一起时，谈说最多的莫如村子的人和事。每当我从乡下回城，她必先向我打听村中的变化，若然听到有关衰败一类消息，便会一边评论一边叹息。此后，我是再也听不到三姐的声音了，而村子，无论风晨雨夕，却依然留在那里。

多年以前，曾经想到写一本关于乡村的书，一直未能如愿。今夜暂且编就一个集子，把有关家乡的文字，连同中学时代的内容归到一起，借以安抚自己，并以此送别逝去的三姐,愿她安息!

征得郑慧洁同意,集子中收入她写的《阿毛》一篇。文章不长,可以读作一个肇始的大时代的小小的脚注。作者是我的同学、妻子和友伴,喜欢文学,也曾发表过少许文字,但是中途放弃了。她有一篇名为《青春提前结束》的自叙文,写的是家庭出身对她在校时的消极影响。据说人的一生,青少年时期的经历是决定性的。或许,在我们认识之前,她就早已丧失掉发展自己的信心了吧?

于是,不为自己码字,却为我的几百万字手稿做起了誊写工。坦白说,我在感激的同时,不免多少替她感到不甘。

2020 年 2 月 19 日,凌晨 3 时

(武汉大学出版社 2020 年 10 月第 1 版)

《我是农民的儿子》序

宗教改革家马丁·路德说:"我是农民的儿子;我父亲、我祖父、我家世世代代都是农民。"这段自述使我对他始终抱持好感,虽然他最后背叛了他的出身,反对农民战争。想想时至二十世纪九十年代,仍然有大队的中国学者对"革命"表现出中世纪式的恐惧,怎么好意思苛求几百年前的一位神父呢!

在农村出生,这对我来说没有什么可自卑的地方,无须像哈代那样想方设法加以掩饰;但也无须特别庆幸,因为我毕竟在那里从事了多年奴役性的劳动,度过很长一段失去自由和尊严的日子。总的来说,农村所给予我的多于剥夺我的;而我,接受它的馈赠显然要比我所付出的多得多。村人大多善良，勤劳，俭朴，谦卑；历来尊重事实，不轻易相信纸上的理论，一生依靠自己，从无奢望；对于社会，唯渴求公正与和平，一旦逼上梁山，却不惜拼死抗争。

即使到了后来，历经三十年政治运动的改造和二十年商品大潮的冲击而损失重大，农民仍死守着这近于古风的品质。我把这些看作是与土地相联系的美德，除了他们，我不知道有哪一位圣哲可以从知到行为我提供一份做人的可靠的摹本？有一种决定论，按生产方式将人类分出若干不同等级的族群，贴上孰优孰劣的标签，然后规定他们在社会上的地位。这样，农民带上可恶的"小农意识"是必然的，被目为天生的自私、狭隘、保守、落后和蒙昧是必然的。如果说，所指这一切都是事实的话，那么都因为农村世代盘踞着一头名为贫困的怪兽。只要想象一下财富的激增如何改变着二十世纪人类的面貌，就可以知道，那种因为遭受剥夺而遗下的巨大的物质空缺，将在众多如袋中的马铃薯一般孤单无助的小农中间引起何等的恐慌、焦虑和苦痛！

如果存在上帝的话，神性想必为之黯淡，而脆弱的人性如何可能在给出的有限的空间里得以完好的保存，乃至健全的发展呢？多年的乡居生活，使我所受的最为刻骨铭心的教育就是贫困的可怕。且不说农村教育、医疗卫生等因贫困而呈现怎样的窘境，有时，甚至连生产成本也将因贫困而无法维持。于是，这些乡野之人，不得不背弃"热土难离"的祖训，相继逃往城市或是早经规划的"特区"，先后成为"农民工""性工作者""乞儿""滋事者"。现代化进程将使农民付出多大的代价？这是一个至今无法做出合理预算的问题，充满悬念的问题。面对农民的种种，我承认，我无能为力。

在杂志上见到摩罗的文章《我是农民的儿子》，深有同感；随之，把近期的大体相类的非虚构的文字凑集到一起，编成目下的这个文集。一、作者都是农人的后裔，具有大致相同的底色。二、专一的主题，叙说的都是农村的人和事。三、这些文字大抵没有"风雅"可言。算得上是"痛的文字"，然而比起生活不堪承受之痛，毕竟轻浅许多（关于改革，政治家尚有"长痛""短痛"之说，文学家却讳言疼痛，此乃一大悖谬）。比较之余，我是不能不为自己，同时也为同行深感愧怍的。

母亲去世已经两年多，未尝为她写下半点纪念的文字；原想编就这样一本书，献与她的魂灵。然而，此刻又不禁踌躇起来了。作为一个目不识丁的农妇，母亲生前对我的撰述一无所知，有一次小妹告诉我，说她在家里居然把我的一种多达80万字的著作一页一页地翻完,然后准确地说出并且记住了全书的页数!母爱是如此地盲目而伟大!当我们这些做儿女的把书做了出来,而像我母亲一样深爱着我们的、终年在土地上辗转劳作的广大的人们却无缘阅读,它的意义何在?即使有坐着宝马在大街上驰骋,或牵着巴儿狗在马路徜徉的幸福的人偶尔生了光顾的兴趣,难道不觉得有违编撰的初衷吗?

然而,全书已经编讫。想到世界上有着许多悖谬的事,或许悖谬正是事物存在的合理方式也未可知,那么,由它去罢。

(花城出版社2005年3月第1版)

《烙印》序

六七年前，我曾问过中山大学历史系一位青年教师：什么叫"可以教育好的子女"？他瞠乎不知所答。从那时候起，我便起意要做一部关于这类子女的书，通过这本书，让人们记住在中华人民共和国的历史上曾经有过的这样一个庞大的族群，并借此被遗忘的族群，了解一个已然逝去或正在逝去的时代。

从1949年起，经历过多次政治运动，积累了一批又一批阶级敌人和阶级异己分子。这些人各有名目，后来不知是哪一位天才发明了"黑五类"一词，简明易记，又富含阶级感情色彩，于是，人们也就乐于使用。至1979年，宣告"阶级"不复存在，这时，"黑五类"已经繁衍了好几代人了。我未曾见过有关全国"黑五类"子女的统计数字,但推算起来是庞大惊人的。然而,作为一个耦合群体,他们并没有任何组织上的联系,三十年间一直处在一种自我封闭、互相隔离的状态,只今看来,其实是一个"记忆共同体"而已。唯有记忆存在,共同体才有可能存在,虽然是虚幻的存在;但当记忆丧失,整个群体就将长此消亡。名为群体,实不见群体的存在,此等状况,大约唯有物理学中"蒸发"一词差堪比拟。

考革命史,被称为极"左"思潮者由来已久,大可上溯至二十世纪二十年代农民运动兴起之际。星火未及燎原,即有清算 AB 团之类的运动,到了延安时期,又有"挽救失足者"运动。之后,"阶级斗争为纲",人为地制造种种敌人并实行专政,从过去的偶发性、阶段性、策略性扩大为一种战略需要,进一步地意识形态化、制度化和日常化。在群众性运动不断升温的情况下,不但"黑五类"分子受到更严厉的制裁,连他们的子女也为父母的阴影所覆盖,成为潜在的、假想的敌人,受到程度不等的歧视和打击。尤其在"文革"期间,不少"黑五类"子女受到直接的政治迫害,甚至付出生命的代价。

在漫长的三十年间,"黑五类"子女一开始就不得不进入一个对他们来说充满歧视和不公的世界,他们的成长过程，是在不断认识自己的身份的危险性，从而不断地放弃自己和防备他人中度过。他们必须承认现存的秩序，学习与这个秩序和平共处，学会顺从，所以，他们每个人的内心过程，都是一个粗暴的摧毁性过程。"文革"结束以后，情况如何呢？可怕的是，受歧视的生活是一种不可逆的、最终有效的、贯穿一生的生活。被侮辱、被损害的创痛只要楔子般进入生活，就进入了内心，虽然种种大事件或小事情都已成为过去，痕迹无存，甚至连记忆也变得一片空无，然而，那些曾经发生的带有情绪创伤的体验早已成为生命的有机部分，成为他们的天性，成为永恒。在我所认识的众多这类子女中，除了极少数较为开朗、豁达，愿意跟人们交谈来往者外，大多数长成内倾的性格，自卑、畏葸、被动、沉默寡言、离群索居。他们敏感于周围细小的变化，对世上的人们多抱一种不信任感，包括自己在内。明显地，有一种宿命的悲观色彩笼罩其间。2002年诺贝尔文学奖获得者、匈牙利作家凯尔泰斯的小说《无命运的人》写到集中营世界的幸存者柯韦什的内心感受时，有这样一段话："新的生活——我认为——只有在我重新诞生或是我的大脑出了问题、患了病时才有可能开始，……我们决不可能开始新的生活，我们永远只能继续把旧的生活过下去。"读罢除了感叹唏嘘，实在无话可说！

由于事物的相关性，我们中的任何一个人，都不能说与这么多带着他们的屈辱和创伤生活在我们身边的"黑五类"子女没有关联。即使我们不曾直接向他们施以暴力和凌侮，那么，我们有没有阻止过加害于他们的事情？有没有拒绝过他们在旷野中的呼告？如果没有，今天，当我们回首往事的时候，我们还能够像以往一贯的那样心安理得而不感到羞耻吗？

如何处理历史留给我们的这份精神遗产，成了时代的考验。

如果说我们需要历史的话，就因为我们可以从过去的影像中重新发现自己，认识自己。历史首先意味着还原真实。但是，清除了个人记忆，惟以制度文物和公共事件构成的历史肯定是残缺不全的，不真实的。鲁迅所以说中国的二十四史是帝王将相的家谱，就因为史官单一地从帝王的视点出发，忽略了更广大的人群，尤其忽略他们的精神状况。在我们的历史读物当中，应当有更多的传记、自传、回忆录，更多的个人关系史、迁流史、生活史、心态史，等等。必须有私人性、精神性的内容对历史的补充。唯有把我们每一个人的创伤记忆尽可能地发掘出来，并且形成对于人道主义、社会公正的普遍的诉求，包括"文革"在内的民族苦难的历史，才能转化成为有意义的历史。

刚刚逝世的波兰裔诗人米沃什曾经援引威尔斯在《时间机器》中描绘的图景：地球上一个叫作"白天之子"的部族，他们无忧无虑、没有记忆，当然也就没有了历史；结果，在遭到地下洞穴中的居民，食人肉的"黑夜之子"攻击时，完全失去抵抗。失去记忆的族群，注定要受到时间的惩罚。可是，在"黑五类"子女作为一个社会群体在生活中被抹去以后，我并不曾看到遗下的关于他们的存在的记忆。

历史不可能为沉默的人们作证。说，还是不说？于是成了问题。

关于纳粹大屠杀的历史，我注意到，无论是纳粹的子女，还是犹太人中的幸存者，都有两种截然不同的态度：一种是努力说出事实真相，一种则始终保持沉默。其实，这两种态度在"黑五类"子女中同样存在。不同的民族历史当然不可一概而论，不过，那种近乎"生而有罪"的困境，对于不同国度的青少年来说倒是颇为相似的。

为了履行内心的承诺，去年春节，我特意带上一部小录音机，打算借回乡的机会，采访村里熟识的地富子女。头一个被访者是一个曾经改嫁的农妇，她因为害怕留下自己的声音，要求把小匣子撤掉，然后诉说她的故事。意外的碰壁，使工作的热情颇受影响，加上别的事情的压迫，计划便搁置了起来，直到年前，才使我在一种追悔的心情中重下了组织书稿的决心。

经过大半年时间，星散于全国各地的认识的或不认识的作者，断断续续地，总算把他们的声音汇聚到这里了。欣慰之余，顿然生出一种焦虑——对此，世上可有愿意倾听的人？

2004年8月

（花城出版社2010年4月第1版）

海 流

《1984》的一个新译本

乔治·奥威尔是我热爱的作家。

这是一个有着个人追求,而且始终如一,看起来有点近乎偏执的人。人类的自由、平等、正义,在他的精神世界中居于核心的位置。我欣赏他的道德立场,全力以赴而又自由不羁的写作状态;至于那寓意丰富而又十分洗练的风格,也是我所喜欢的。他的作品,无论小说或随笔,都一样的严肃、智慧而有力量。

为了自己的社会理想,奥威尔主动放弃了可以通往权力者和资产者的道路,进入社会底层,和无数被压迫、被损害的人们在一起。他在青年时,辞去缅甸的帝国警察部队中的警官头衔,先后到巴黎、伦敦过他的流浪生活。此后，他找到机会去英格兰北部工业区，深入考察大萧条时期工人阶级的状况。这段生活，对他的影响是深刻的，坚定了他的政治信念。西班牙内战爆发以后，他作为一名志愿兵参加了战斗，因喉部中弹回国治疗，从此专事写作。在流血的西班牙，他不但看到了战火和死亡，而且经受了比战争更残酷、更惊心动魄的考验。大国的强权政治，左翼队伍中的分裂活动、暴力、阴谋、虚伪的意识形态宣传，等等，整个地改变了他。他说："从此以后，我知道了自己站在哪里。从 1936 年以来，我写的严肃的作品中的每一句话都是直接或间接反对我所了解的那种极权主义，而拥护民主社会主义的。"在某种意义上，写作对奥威尔来说，是他的政治生活的一种延续。所以，他坚持说他的写作是"为政治写作"。

《1984》是奥威尔继《动物庄园》之后的一部代表作，是他作为一个社会主义者反对极权主义的预言，也是有力的宣言。小说充分表达了作者对人类的焦灼的爱，他的深刻的洞察力，以及拯救的热情。人们把它和赫胥黎的《美丽新世界》、扎米亚京的《我们》并称为"反乌托邦三部曲"。无论把它看作是一个文学读本，还是政治学读本，《1984》都堪称二十世纪的巅峰式作品。

在小说中，世界分为三个国：东亚国、欧亚国和大洋国。大洋国为内部党所统治，该党占总人口的四分之一。政府机构分为真理部、和平部、友爱部、富裕部四部，真理部负责新闻、娱乐、艺术、教育，其实是说谎部；和平部负责战争；友爱部维持法律与秩序；富裕部负责经济事务。用新话来说，则分别称为真部、和部、爱部、富部。所谓"新话"，是一种官方语言，把字汇减到最少，用于国家灌输，以取消人民独立思考。每个办公房间都装有无法关闭的电视屏幕，每天二十四小时播放，并呈现影像和声音，供给思想警察掌握；如果发现异端分子，即刻设法除掉，使之化为乌有。此外，它还控制着个人的所有活动，包括私生活。人们工作的地方到处装有玻璃，挂着独裁者"老大哥"的照片；而"老大哥"其人是始终不露面的，只是有一个声音在不断提醒你、警告你："老大哥在看着你。"

温斯顿·史密斯作为其中一个被控制、被改造的个案，构成小说的基本内容。他在真理部记录司工作。在他所在的办公大楼的白色墙壁上，写着三句醒目的口号："战争就是和平，自由就是奴役，无知就是力量。"还有一句著名的口号，就是："谁控制过去就控制未来；谁控制现在就控制过去。"在这个充满荒谬而恐怖的世界里，"二加二等于五"便是人们共同信仰的基本原则。对于这些,温斯顿十分反感,他在日记中不断记录他的反叛思想,后来又同小说司的朱利娅幽会;当然,所有这些,都得十分小心地进行。然而,他们仍然无法逃出思想警察的严密监控,最后只好各自坦白,互相揭发,由此宣告洗脑的胜利。小说的结尾写道:"一切都挺好的,斗争已经结束了。他战胜了自己。他热爱老大哥。"

《1984》的中译本是由董乐山先生翻译,花城出版社1985年出版的。至二十世纪九十年代,董先生又编译了奥威尔的一种随笔集。因为编辑丛刊《散文与人》,以及北京一位朋友拟出多卷本《奥威尔文集》事,我与董先生有过几次电话和通信往来。董先生故世后,我感到这是我国知识界和翻译界的一大损失,曾写过一篇纪念性质的文字,叫《只有董乐山一人而已》。

前年,为出版社策划编辑一套《世界文学大师纪念文库》,首先想到奥威尔。在选定韩文敏女士作为《奥威尔集》的编选者之后,即共同着手解决《1984》的翻译及版权问题。由于读者所能理解的原因,我们无法使用董先生的译本,我便同韩文敏女士商量,由她和她远在英国剑桥的儿子共同翻译。在接手翻译以后,她发现董先生的译本颇有些误译和漏译之处，除了求助于各种辞书之外，专门请教了我国翻译界的老前辈、董先生的同事和朋友刘乃元先生，以及英国的个别专家，态度是严肃、认真的。刘先生校读了韩女士母子翻译的新译本，给予很高的评价，认为是"一部更加完美的译本"。

董先生的译笔，我是十分欣赏的。如果能追蹑董先生的文风，而又不失严谨，力求精确，当然最好不过。至此，我不禁想起鲁迅写于1935年的一篇题为《非有复译不可》的文章。因为说得实在是好，这里不妨从中多引几段：

> ……譬如赛跑，至少总得有两个人，如果不许有第二人入场，则先在的一个永远是第一名，无论他怎样蹩脚。所以讥笑复译的，虽然表面好像关心翻译界，其实是在毒害翻译界，比诬赖、开心的更有害，因为他更阴柔。

> 而且复译还不止是击退乱译而已，即使已有好译本，复译也还是必要的。

> ……取旧译的长处，再加上自己的新心得，这才

会成功一种近于完全的定本。但因言语跟着时代的变化,将来还可以有新的复译本的,七八次何足为奇,何况中国其实也并没有译过七八次的作品。如果已经有,中国的新文艺倒也许不至于现在似的沉滞了。

就此向读者推荐《1984》的一个新译本。当然不能说,这就是所谓的"定本"了;即便有了新译本,董先生的译本仍然有它优胜、不可替代的地方在。但无论作为编者还是读者,我都期望而且相信,将有更新更好的复译本问世——

因为它是《1984》!

要知道,这是一部能够点燃自由与人性温暖的书,一部足以唤起对社会不义的记忆、反思和控告的书,一部对人类的力量抱有信心的书,一部失败之书同时也是希望之书!

2007年3月
(花城出版社2009年6月第1版)

《哲学船事件》前言

十月革命后,为确保新生政权的稳定,由列宁亲自发起、政治局集体决定、国家政治保卫局具体执行,将一批知识分子驱逐出境。1922年秋季,一行百人的文学家、哲学家、农艺师、医生、教授分别乘坐两艘德国船"哈肯船长号"和"普鲁士号",先后离开苏维埃俄国。这一驱逐行动,后来被俄罗斯史家称为"哲学船事件"。

七十年间,事件的真相一直锁在国家档案馆里,待苏联解体之际开始启封。1990年,多个有影响力的报刊发表了相关的文章。2002年,值"哲学船事件"八十周年,又有一批档案资料公开,专著《哲学船:1922年》也于此时面世。2003年,俄罗斯联邦档案馆专门举办了一次展览,展出事件中列宁的信函，及相关部门的会议记录和决议等。2005年，《以驱逐代替枪决——驱逐知识分子（1921—1923年肃反委与国家政保局文件）》出版，其中有关事件的档案多达四百件，且做了分类整理。至此，"哲学船事件"大白于天下。

伍宇星女士于2002年到莫斯科访学，是最早接触关于哲学船事件的档案史料的中国青年学者。归国后，即着手编译，成书的名字就叫《哲学船事件》。

这是一个大事件。在世界史上，恐怕没有哪一个国家如此大规模流放国内的知识精英了。事实证明，这批人物到了国外之后，在世界的科学技术及人文思想诸多方面均做出堪称一流的贡献。

1922年5月19日，列宁致信苏维埃秘密警察首脑捷尔任斯基，首次提出"把那些帮助反革命的作家和教授驱逐出境的问题"。信中责成政治局委员审阅部分书报刊，同时检查执行情况并征求意见。在"哲学船事件"中，列宁不但是策划者，而且全程关注、监督驱逐行动的进行。

从书中提供的材料可以看出，吸引列宁注意力的有两个目标：一是曾经同布尔什维克一起为推翻沙皇政权及临时政府联合战斗过的左翼政党孟什维克、社会革命党、人民社会党人，也即新的敌人；二是高校、私人出版社、剧院、民间组织，还有各部门代表大会及教会，等等。他十分重视舆论工具，如两次信中都提及《经济学家》《思想》等杂志，并直接指示对所有编辑作者加以"坚决根除"和"迅速清理"；又如要求拘捕、关押、驱逐"赈济饥民委员会"负责人，指示极其具体，说，"尽可能放到不通铁路的县城里，一县一人，进行监督"，而且指示，"明天用五行文字发表一个简短而又干巴的'政治公告'：因不愿工作而被解散。我们要给各报社下个指示：明天就开始对'库基什分子'进行百般嘲讽"。显然他要通过传媒，加强政治宣传效果。后续的驱逐行动，则通过组织，由国家政治保卫局行动处结合政府工作强制完成。

在苏俄，一切政治行动都是高效率的。在列宁致信捷尔任斯基之前，国家政治保卫局机要处直接负责知识分子事务的第四科已经开始系统搜集"有害的""反苏的"知识分子的材料并做了汇报。1922年6月3日，在列宁信函发出之后半个月左右，捷尔任斯基向中央政治局提交了关于"知识分子中的反苏团体"的报告。几天后，政治局通过关于这一报告的决议，决定成立专门委员会，拟定及审核驱逐出境或流放内地的敌对知识分子名单。名单几经修改补充，由政治局确认后，即从8月中旬开始，在彼得格勒及乌克兰地区分头进行搜捕，接着审讯、判决，宣布

"罪行"。前前后后,总共费去一个月时间,可谓迅捷之至。

《哲学船事件》全书有两部分内容,第一部分是档案文件,除去列宁的信件及国家政治保卫局上呈政治局的报告外,还选择了十个受审人的个人档案,取名"鉴定与自白"。每份档案依次为鉴定、审讯记录、实情供述、判决等项。审问集中在对苏维埃政权和无产阶级国家制度的看法,对知识分子和社会团体的任务的看法,对教授罢课的看法,对路标转换派、萨文科夫分子和审判社会革命党右翼的看法,对苏维埃政权的学校政策及学校改革的看法,对境外俄国侨民的前景的看法等。但无论受审人如何回答,结果都是一样的,即:"触犯俄罗斯苏维埃联邦刑法条例第57条",予以驱逐出境。

书中另一部分是流放者的回忆录,通过他们的忆述,可以清楚地看到当时整个政治环境的险恶。索罗金在《漫长的旅途:自传》中有"殉难者名录"及"新的屠杀"两节,集中记叙了知识分子的死亡:各种各样的自杀、疾病、羸弱,以及十种埃及死刑。"今天看到还活着的朋友,明天可能就是死人了。"他写道,"每天逮捕如此多的人,修道院和学校都被改成监狱了。早上谁也不知道自己到傍晚是否还是自由的。离开家时谁也不知道还能不能回来。"

他是著名的社会学家,重视统计数字,他写道:苏维埃俄罗斯四十七个省人口缩减了一千一百万。

作家奥索尔金说,"任何流放都胜于坐监";对他来说,"流放的消息简直就是解放和喜事"。因为在拯救饥民委员会担任宣传册子《援助》的编辑,他曾经蹲过两个半月的监狱,后来由于国际社会的声援才逃脱死刑。他回忆说:"监狱是可怕的,没有任何机会跟其他牢房和外界交流,而在沙俄的监狱里这种机会一直都有。"别尔嘉耶夫也说到类似的情况:"比起旧制度的监狱来说,契卡的监狱制度要难受得多……我们处于绝对隔离状态,这在以前的监狱是没有的。"

在别尔嘉耶夫说的"契卡横行的国家"里,生活就是恐怖,对知识分子来说尤其如此。

《真理报》有文章把红色恐怖定义为"把资产阶级作为一个阶级来消灭的系统",随后,契卡人员宣称:"不要在侦讯材料中寻找证据证明被诉人有反苏维埃政权的行动或言论。你们向他提出的第一个问题应该是他来自哪个阶级,他是什么出身、受的什么教育、从事什么职业。这些问题就应当可以决定被诉人的命运。红色恐怖的意义就在于此。"在恐怖的氛围里,许多知识分子都经受不住迫害的考验。别尔嘉耶夫说，他了解到，大部分被捕的人都作了自我诬陷，结果他们的供词成了判罪的主要依据。

但是，确实也有不少人竭尽全力维护了思想的尊严。从书中选入的审讯记录中可以看到，这批即将被逐的知识分子，他们面对国家机器、监狱和镣铐，坦陈个人对俄共和苏维埃政权的反对、否定、不拥护、不赞同的态度；对于政府推行的各项政策，也都率直地表示了不同的意见，看不出有什么伪饰和保留。对于常人来说，这是需要十倍的勇气的。

哲学家别尔嘉耶夫写道："我用以对抗的首先是精神自由的原则，对我来说这是基本的、绝对的，是不能因为任何世俗利益而让步的。我也是用个体是最高价值，个体独立于社会、国家及外部环境的原则来对抗。这意味着我捍卫精神和精神价值，而在俄国革命中所表现出来的，是否定自由，否定个性，否定精神的。"他表示赞同社会主义，但声明社会主义必须是人格主义的，而非专制主义的，不允许社会和国家凌驾于源自每个人的精神价值的个体之上。索罗金写道："无论将来发生什么，我现在知道有三个东西将会永远留存在我的脑海和心里：生命，哪怕是最艰难的生命，都是世界上最珍贵的宝物；信守义务是另一个宝物，它使生活幸福并带给心灵以不背叛自己理想的力量；我所认识到的第三种东西是，残暴、仇恨和不公，无论是智识，还是道德、物质方面，都不能也永远不会创造任何永恒的东西。"俄国知识分子是以谋求人民福祉而富于自我牺牲精神著称于世的。但是，我们看到，置身于东正教哲学土壤之上，他们不可能为此背弃个人信仰和精神自由。

最终聚合于"哲学船"上的众多乘客，职业不同，思想各异，但有一点是相同的——即便没有条件反抗合法性暴力，即便保持沉默，即便退守到最后，他们也要维护思想的真实性、独立性和尊严——因为这是他们作为无权者的仅有的私人财产，最低限度的权利。

几千年来，知识者与权力者一面联合，一面斗争。鲁迅论及真假两种知识阶级时，说假知识阶级因依附权力者，善于保存自己；真知识阶级不顾利害而反抗，结果容易被消灭。其实，真知识阶级的精神并不因躯体的消灭而消灭，自由反抗的种子仍然得以萌发、茁长、不绝于世。

从权力到权力，权力追求的极限是强权，它不可能产生异质的东西，而知识可以产生真理。权力制造事实，真理揭露事实；权力力求统一和稳定，真理寻求差异和变革。权力占据空间，在可见的界域之内显示存在；真理往往是隐匿的，它的力量，可以通过散布和传承而长久地保存在时间之中。

回过头来看"哲学船事件"：权力与知识的冲突，到底谁战胜谁呢？

2002年，为纪念"哲学船"八十周年，彼得堡市政府在"哲学船"当年出发的码头上建造了一座大理石碑。在《哲学船事件》的插页中，可以看见它沉重而又骄傲地站在那里，周围伫立着前来献花的人们……

当"哲学船"度尽劫波而后浮出水面，我们终于看到这样象征性的一幕：2003年，俄国哲学学会将"玛利亚·叶尔莫洛瓦号"命名为"哲学船"，特意安排一百五十名来自俄罗斯、白俄罗斯、乌克兰等前苏联地区的哲学家乘坐其中，从俄罗斯港口新罗西斯克出发前往伊斯坦布尔参加第二十一届世界哲学大会，会议结束后，再乘坐它返回俄罗斯。这种情景，令人遥想当年那些被驱逐的先辈正在光荣返航……

《哲学船事件》没有详细描画新世纪的光明尾巴，这是一部历史书，它以忠实的文献细节，重现了知识分子命运史上的一个严峻时刻。不过，我们也不妨把它读作一个寓言剧，看政治权力与知识两大主角如何在歧途中各自演绎它们的意志和精神。作为知识分子精神的寄寓者，"哲学船"的乘客是令人敬佩的。他们虽然无从支配命运,可是有力量足以支持自己;他们可以被打倒,被监禁,被扔到老远的地方,然而,即便在沦为时代的俘虏的时刻,他们也从未放弃斗争。

2009年12月23日至2010年元旦,深夜里

(花城出版社2009年11月第1版)

《寒星下的布拉格》代译序

> 这不仅仅是一个人的故事,而是整整一代人的历史肖像;不仅仅是捷克,而是整个东欧。
>
> ——〔英国〕《每日电讯报》

布拉格是一座优雅的城市,但也是一座多难的城市、英雄的城市。前后几百年间,它产生了为世界所熟知的三位人物:一位是胡斯,宗教改革家,死于宗教裁判所为异端准备的火刑场;一位是名叫扬·帕拉赫的青年学生,以自焚点燃"布拉格之春"的反抗烈火;再就是哈维尔,他参与并领导了一场运动,颠覆了一个时代。

在东欧,这叫"后共产主义时代"。捷克女作家、翻译家海达·科瓦莉此前逃至美国，在那里写下回忆录《寒星下的布拉格：1941—1968》，回顾她和她的国家共同走过的艰难道路。可以说，这是一部"后共产主义时代"的"前史"。

海达仅从人生的枝干上截取二十七年的时间进行讲述。这是"典型时间"，贯穿了纳粹政权和苏联控制下的捷共政权，贯穿了两个巨大的伤口。用海达的说法，二十七年时间，其实同是笼罩在寒星之下的岁月。回忆录开篇便说，她生命的景观是由三股力量构成的：第一股是希特勒，第二股是斯大林，这两股力量使她的生命成为东欧一个小国的历史缩影。剩下第三股力量，就是一具坚不可摧的生命，帮助她活下来向后人叙说她的故事。

这是一个故事，也是一篇证词。她自始至终反复讲说的是："爱与希望要比仇恨和愤怒强大得多。"

海达是犹太人。1941年，她二十二岁时与父母及布拉格城的五千犹太人一起被德军迁至罗兹集中营，随后又转移到奥斯威辛集中营。父母被送到毒气室，她留下服苦役。在这里，她目睹了许多惨剧的发生：一火车一火车的男人、女人、孕妇和婴儿被处死、活活地饿死，或送至毒气室。她和一些女人被下令将一车车带血的衣衫撕成布条，织作地毯，并送到德国的坦克车里给士兵暖脚，上千名被剃光了头发的姑娘在皮鞭的抽打下厉声号哭，德国指挥官还下令演唱歌剧咏叹调《月光照在我金黄的头发上》，以保持集中营愉快的气氛。有一个女孩逃跑后被发现，集中营里所有的犯人都得跪在地上，直到这个女孩子被抓回来，当众将她的胳膊和双腿打断，拖到毒气室为止。一天晚上，和海达同住的十几个孕妇被叫到营房总部，后来再没有回来；第二天清早，有支特别小分队被派去清洗地面的一摊摊血迹……集中营的生活，是封闭的、强制性的生活，在这里，人们放弃了反抗。

在亲眼看到警卫兵再次杀死一个女孩子之后，海达决定逃跑。虎口逃生当然是惊险的，但海达的叙述相当简洁，她把更多的笔墨留给回到布拉格之后寻访亲友的过程。没有了父母，布拉格就是她的家，可是，她一次次敲门，一次次遭到拒绝。她踏上逃亡之路，原本是为了"寻找自由和生命"，结果连最后一个朋友竟也让她走开。纳粹当局确乎规定，隐藏非法居民是要枪毙的，可是，难道就没有人敢于打破禁忌吗？在政治高压下，人性遭到严重的扭曲；为了抵御恐怖，人人都穿上了自保的铠甲。这时，海达发现，儒怯和冷漠才是最危险的敌人。

"结束了，这一切终于结束了。"德军走了，苏军来了，人们纷纷从黑暗中走了出来，庆贺布拉格的新生。海达虽然心情复杂，毕竟怀着欣喜，憧憬正在展开的和平的未来。

对于战后的日子，回忆录中有着颇长的一段反思的文字。由于纳粹一向仇视苏联，人们自然相信共产主义是纳粹主义的对立面，捷克共产党成为国家的希望是理所当然的。海达自认为没有屈从于主流思想意识的诱惑，但是也不能说她当时有什么深刻的认识，只是对身边发生的事情和她的爱人鲁道夫，有更多的关心和观察的兴趣而已。

就是说，海达只是一个普通妇女，结婚，生子，排队领取官方文件或日用品，干上一份出版社的美编工作。但是，特殊的地方就在于鲁道夫升任了国家外贸部的副部长，她成了高干家属。她写道，她不愿意参与政治，"我只要过一个安静的、普普通通的生活"。然而，她身不由己，连成为一名党员原本也不是她所愿意的。这时，她面临着双重压力：作为家属，她发现自己成了一件物品，一个被嫉妒、仇恨和谄媚奉承的对象。她无力摆脱一个特权阶级所赠予她的一切。更可怕的是，她陷入某种政治想象的恐惧之中，对于鲁道夫的升迁始终怀有不安全感。在鲁道夫面前，她劝说、争取、公开冲突，但是毫无效果。鲁道夫相信,他选择的道路是正确的,前面没有任何障碍可以阻挡他;直到"斯兰斯基案件"从天而降,才让他突然停了下来。

1948年至1953年,苏联在东欧多国发起了新一轮的大清洗运动。在捷克,"斯兰斯基案件"是运动中最有影响的成果之一。斯兰斯基战后任捷共总书记,1951年被解除职务,1952年11月和另外十三人共同受审,以托洛茨基分子、铁托分子、犹太复国主义分子等罪名被判处死刑,同其余十人一起被送上绞刑架。

不祥的预感应验了。在这起案件中,作为执政党的最高领导人带头"反党",这是极其荒诞的事;同样荒诞的是,一批富于理想主义和进取心的、正直的共产党员都背上了"反党""反国家"的十字架。这就是现实。如果说书中叙述纳粹时代用的是线性结构,那么到了战后,则转换成一种环形结构:中心是"斯兰斯基案件",党内生活和社会生活构成内外两个同心圆,层层波及,不断扩大。有关捷共党内的政治生态,海达写到,一个基本情况是:"在一个管理严格、没有个性的政体里面,平庸和随大流成了最优秀的品质。"……一面是无知和服从,一面是残酷斗争,充斥党的基层以达于最高机构,所以像"斯兰斯基案件"这样重大的案例能够顺利演进便毫不足怪。涉案人员包括海达所深为信赖的鲁道夫在内，不但不曾做出申诉和抗辩，甚至编出一套反党叛国的供词诬陷自己，还不断给自己添加新的"罪行"。如此匪夷所思，目的仅在于牺牲个人以服从组织，证实中央决策的正确性。

没有诚实、公正和真理可言。牺牲就建立在绝对服从上面。对此，海达写道："那些为了某个崇高目标而愿意牺牲自己幸福的人，不久就会让没有同样意愿的人在压力下做出同样的牺牲。一个没有自我牺牲就不能运作的制度，是一个不完善的、具有破坏性的制度。"

作为家属，海达不能不相随做出巨大的牺牲。自鲁道夫被捕之后，她的处境变得极其险恶，仿佛重新回到纳粹集中营的恐怖的氛围之中。可悲的是，在幽闭的集中营里犹能逃跑，在解放后的正常生活中却无处可逃。她被抄家，被讯问，被隔离，被监视。她找关系救人，想不到的是，连找过的人都被国安局列入黑名单，曾经同情她的人接连遭到逮捕。她被开除党籍，解除了出版社的工作。由于一直有组织"照顾"，即使找到工作，不久也会被解雇。失去工作，不但没有收入，更可怕的是因此有可能被当成"寄生虫"而抓起来。远离政治只能是一种幻想，事实是，"生活成了政治，政治也成为生活"。周围的人怕她，恨她，不跟她接触，她成了比瘟疫还要危险的人。迫于生计,她四出打零工,贱卖家具,冬天没有鞋袜,外套也没有,重病无法住院,住进去也被撵出来。她忍受歧视、侮辱、各种流言,忍受极大的精神苦痛。面对孩子,她不得不编造谎话,隐瞒丈夫的死讯。后来再婚,第二任丈夫也因她而失去工作。总之,海达几乎完全被排斥在布拉格的生活之外,然而又着实陷入其间最深的政治旋涡之中。

由于二十世纪五十年代中期苏联"非斯大林化"的影响,"斯兰斯基案件"经过七年的掩盖、拖延和搪塞,终于在1963年获得平反。

具有讽刺意味的是,平反的消息被神秘化,当时仅限于在党内传达,只有上级指定的少数人能够见到文件;而所有听到传达的党员都被告知严格保密,而且不许讨论。这样的平反注定是不彻底的,因为体制还是原来的体制,组织信任那些制造冤案的人,直到平反之日仍然让他们稳当地坐在领导的座椅上。

作为受害人,海达用打字机打了一份损失的清单,直接送至捷共党中央办公室:

——丧失父亲;
——丧失丈夫;

——丧失名誉；

——丧失健康；

——丧失工作和受教育的权利；

——丧失对党和法制的信赖；

…………

十几项条款的最后一项是：丧失个人财产。

海达要求赔偿，得到的回答却是："这些损失是没有人可以向你偿还的！"一切理所当然。

理所当然，无法申诉，也无处申诉。海达自称她那一代人是"失去的一代"。个人失去自由，国家失去民主，这是最根本的丧失。缘此而来，群体反抗是正常的，当局镇压也是正常的。于是，回忆录的结尾便有了壮丽的一幕："布拉格之春"。

捷共总书记杜布切克一心推行政治体制改革，遭到苏联的粗暴干涉，出动坦克和五国军队，连夜入侵布拉格。这时，新的"群众"出现了，觉醒的群众，团结一致的群众。他们走上街头，散发传单，筑起街垒，奋起抵抗。已是身心交瘁的海达重新为自由的梦想所感召，迅速投入斗争，成为群众洪流中的一朵小小的浪花，激越而灿烂。

众所周知，"布拉格之春"最后是以失败告终的。当海达写作回忆录时，旧体制依然如故。但是，我们看到，她显然有意回避失败，完全以当时斗争的热烈场面结束全书，调子高昂，与前头紧张压抑的叙述形成鲜明的对照。

她称"布拉格之春"为一个"新生命"，一个"短暂却令人难以忘却的复活"。这次虽败犹荣的革命斗争，无疑地给了她以一种未来的确信，正如她所说：

"没有人会忘却的，我们的未来不是要去屈服，而是要等待下一次机会。我看到周围已经起了一个重要的变化——那些曾被紧箍着铁杆信仰者头脑的魔力，现在已经永远地被解除了。再没有幻想，再不要自我欺骗，再不去相信苏联老大哥的谎言。意识形态冷酷的控制已经结束，也许真理真的以它不可预测的透明方式，最终战胜了一切。"

历史的确不可预测。海达亲眼看到了历史性剧变的一天，而这一天，距离"布拉格之春"已是二十一年——时间不算太长，当然也不能说太短。

2013年9月

（花城出版社2014年8月第1版）

《火与废墟》引子

1

当历史依然酣睡,画家开始醒来。

2

如果去博物馆,经过画廊,徜徉于展览大厅,定然看见众多在亚麻布、石头和青铜中诞生的男女:王公、贵族、牧师、修女、小店主、浪荡子、娼妓、厨妇、舞者、浴女……神秘的肉体,光裸的肉体……王冠、长袍、礼服、曳地的裙子、镶边的花衬衫……鬈发、唇、颈脖、胸脯、乳房、臀、腿和膝,以及浑圆的脚踝……绽放着,滚动着,满溢着……明艳,茂密,健硕,盛大……然而你觉得,这一切是真实的存在吗?

他们生活的时代,唯是米开朗琪罗的时代,提香和伦勃朗的时代,塞尚和高更的时代,奥斯威辛之后,再没有完整的人。这些为生命所充盈的肉身,已经化作轻烟和灰烬。幸存者也是灰烬的一部分。曾经庇荫的家宅、庭园、纷披的花枝,在岁月的那端,不复有温馨的气息缭绕。黑信封,空椅子,残破的风琴和书架;血污了台阶,泪水无声地侵蚀着月光、阳台、铁栏杆,有谁向窗口凝望?即使教堂一样站在原地,拱顶的战栗无人察觉;一样唱诗,一样祈祷,如何可能恢复往昔的庄严与圣洁?坚定的砖石是虚假的,游移的车辆是虚假的,咕咕叫的鸽子是虚假的,翅膀是虚假的……上帝呢?上帝是不是那个悲悯的上帝?……

> 奥斯威辛之后,世界改变了。
>
> 没有人。没有人的创造物。也没有自在之物。
>
> 只有废墟。
>
> 废墟。废墟。废墟。

3

废墟不是时间的冲积物,不是自然灾变的残骸,它由国家——一头凶险的巨兽——咬噬而成,是极权主义制度本来的形相。开始就是废墟,今天不过是往日的延续或扩大而已。

一个民族,历经浩劫而不见废墟是可疑的。

看!看这里——

后极权主义的废墟之上,有太多的奴役和屠戮的痕迹。领袖死了,志愿行刑者死了,褐色和黑色的军人不见了踪迹,而罪证,仍然保留了下来。在死神降临之前,他们来不及销毁这些证物,——为什么要销毁?杀人本来便是一种荣耀,正如党卫军头目希姆莱所说,"只有我们部队才能够面对成百上千的排列的尸体,这是历史上从来没有被书写过的光荣的一天。"于是,我们看见了一座座架满铁丝网的岗楼、营房、木架床、火墙,突如其来的铁轨;看见了毒气室、焚尸炉、木车、铁锹,做苦役的各种工具;看见了黄色六角星,墙上的手印、画、图案,未写完的信,日记和诗篇;还有,刻在砖墙和木板上的一个又一个名字，那是什么意思？他们在绝望中呼唤自己，还是呼唤同样陷于绝望的同类？

在奥斯威辛博物馆，陈列着那么多的照片和物件——其实，早在我们欢呼着向领袖行舞手礼的时候起，一切都给准备好了！

纽伦堡作为一个标志性地点，纳粹党在这里崛起，也在这里覆灭。国际法庭竖起高高的绞刑架，十二个——为最后的十二个头领敲响丧钟。没有墓地，没有骨坛，没有地方可以成为纳粹主义的圣殿。大幕沉沉。然而，正剧的结局，却无法改变悲剧的全部剧情。六百万犹太人死于虐杀，数千万欧洲人死于战争——此后，献上鲜花或点燃蜡烛，于逝去的生命有什么意义呢？

> 只要血来不及清洗，
> 只要记忆仍在，
> 只要秘密还蜷缩在档案室里，
> 只要公义还怯于说出，
> 世界就是废墟。

废墟是你，废墟是我，废墟是幸存下来的我们中的每一个人。

这废墟存留于我们体内，且绵亘成片，覆盖所有的心灵。麻痹，冷漠，空虚，阴郁，焦虑，终日悚悚危惧。我们失去了爱、善良、诚实、正直和尊严，失去了自由的梦想，失去了良知、信仰和勇敢。我们学会眯着眼睛看人，互相猜疑和仇视，甚至不信任自己。虚无主义的荒凉。

——世界如何救赎？

4

众多画家已然丧失思的能力。在他们眼里，唯是世界的表象，镜面及其反光；而基弗，看到的是现实的全息影像，黏连着记忆的重叠的阴影。他们是游戏者，沉醉于迷幻的光色之中；而基弗，眼前飘舞的是死亡的意象，他总是看到：今日重复昨日，死者跟踪生者。每一个日子，都被他们当作解放日来庆祝；而基弗，一个悲观的人文主义者，始终自囚于文明的废墟之中。他确信，新生的道路发端于此，然而那前景又堵塞着重叠的黑暗，直到世纪尽头……

只要世间存在着黑暗，他就是黑暗。
只要世间存在着死亡，他就是死亡。

他看得见同行所看不见的废墟、亡灵、不祥之物。他是一个通灵人。在我们的时代里，真正的画家一定是一个通灵人。

所以，基弗必须离开。

他不得不寻找。

在德国，他工作于废弃的校舍和厂房。在法国，换了巴尔雅克的养蚕场，一样的废弃已久。没有人。到处是岩石、砂砾、灰泥，他就像一只寄居蟹一样地游来游去，从自己到自己。

在巴尔雅克，基弗建造铅石混制的塔楼，挖掘洞穴，修筑长达数里的隧道连接白天和黑夜，一如历史，宏大而幽深。画家无秩序地放置铅制的床，以及船，令人骇异，想象千万年前周遭一片汪洋，而今水落石出——谁人在其上安寝？他用身体绘画，画幅、摄影图片、钢丝、铁板，各式材料散落地板，堵塞了道路。混乱。荒寂。即使培植了绿色的生命：薰衣草、百里香、桑树、藤萝，也无所谓春天。地面上，一群群向日葵也非梵高的向日葵，从来不作疯狂的舞蹈，却因太阳的黯淡而纷纷垂首……

自我流放于大地边缘，居于钟的心脏，反刍记忆中的黑色物质，倾听空穴的风声……

在基弗这里，废墟并非历史的实存。

作为艺术形象，他无意于再现现实世界中具象的轮廓，而需要一个多形体的复合的形象，一个象征，一个巨型的图像空间。当废墟在画家的观察、记忆和想象中显现出来以后，他用沙粒、稻草、铁丝、黏土、灰，用画面、文字、照片、原材料和再生材料，用诸如腐蚀、磨损、断裂、拼贴、叠印、装置、遮蔽等繁复的手段来建造它。基弗以最可震骇的形式挑战人们的视觉，震颤的痛感使它变得含混，模糊，充满歧义；可是，当一旦显影于人类生存的意义之上时，它是那么清晰。

庞大的废墟！整体的废墟！日日夜夜的废墟！当幸存者及其子孙乘坐幸福之舟沿忘川顺流而下时，基弗独留岸上。他背叛了时间的法则。

（江苏人民出版社 2012 年 1 月第 1 版）

《革命寻思录》后记

不早不迟，二十世纪刚好转折进入九十年代，海外学者突然抛出"告别革命"论。

凭常识，这个"激退主义"的新论是不可接受的。革命的发生无疑需要一定的条件，只要这些条件未曾消失，对革命来说就不能轻言"告别"。在一个专制、腐败、凋敝的社会里，倘使不能通过自上而下的有序的改革清除积弊，而抗议运动又不能为现行体制所吸收，那么，革命就将应运而生。

事实上，在学者扬言"告别"之际，苏东革命已然发生，倾圮的柏林墙成了一个标志性的历史景点。二十年来，世界革命并没有中断过，且愈到后来，愈带有现时代的特点。从中东革命到乌克兰革命，革命的主体落在城市中产阶级身上，街头抗议运动成为主要的斗争方式，组织公开化、松散化，容受前所未有的个人自主性，社会动员则由手机互联网迅速完成，整个过程呈现出更多的自由化、民主化和反乌托邦主义色彩，革命的手段与目标趋于一致。因此可以说，所谓"告别革命"是一个伪命题，不过是学者的一厢情愿而已。

这种理论对历史采取虚无主义态度，颇投合上世纪九十年代以来陷于保守主义、犬儒主义的知识界的口味。结果在评骘时代人物以及各种事象时，出现诸如改革派不如保守派、革命派不如改良派的高妙的论调。此外，从"告别革命"论那里，还派生一种"自然进入"的理论，说是在无须任何社会运动和舆论压力的情况下，统治者可以实现自我调节，所以革命纯属多余，或者从根本上说就是一种破坏性力量云云。八十年代后期，曾经兴起过一种所谓"新权威主义"的焦大式理论，随后似乎一度遭到狙击，其实与"告别革命"论是前后冒头、合二为一的连体婴；或者可以说，"新权威主义"受阻之后，正好在"告别革命"论中找到它的庇护所。

从一开始，"告别革命"论便引起我的反感，从此便颇侧重于有关"革命"主题的阅读：一、历史书，主要集中于英国革命、美国革命、法国大革命和俄国十月革命。我认为，这四次革命在革命历史上带有"原型"性质。二、革命家的著作，相关的回忆录和传记。革命者对人类的历史境遇、阶级关系、斗争情势等有着最直接、最切实的了解，由于他们置身于革命现场，不是隔岸观火而是把自己也烧在其中，所以，他们的言说用鲁迅的比喻是从血管里出来的血，而不是喷泉里的水，是我思考和理解革命的最重要的依据。三、政治学理论，包括一些思想家的论著。科塞称知识分子为"观念人"，所谓立法者和阐释者，其实用于思想家是更合适的。他们的书往往超越具体的论域，而具有更宏放的眼光，更带普适性。至于政治学者，比较而言，偏重于技术论方面。这些历史学和政治学著作，从事实到意义，从微观到宏观，在我寻思革命的过程中，做了远行的舟楫。

全书是从多年的阅读笔记中整理而成，框架是自己的，材料是累积的，当然也是有选择的；观点基本上是他人的，我只是在个别问题上有所感悟和发挥而已。我所以将众多的史料、理论和思考的碎片组合成这样一部长篇，目的无非在于辩护革命的合理性和合法性。其中一个很重要的部分是革命暴力，不是无条件地反对暴力，而是要揭开暴力机制的复杂性。再就是，突出知识分子在革命中的作用，正所谓"成也萧何，败也萧何"。此外，试图回答一个在我看来根本无法回避的问题，就是：革命是否已经终结？

从所记录的思考过程可以看出，激辩多于省思，浮躁于我实在是难以改变的事。行文中使用一些革命家、思想家和学者的方法与观点，未能尽数列出，如有关社会运动与现行体制的关系，就借助了赵鼎新先生的观测法。我始终认为，真正的革命是解放人的，是自由的化身。对于献身革命的践行者，具有革命意识的思想家，仅仅为人类思考提供了概念与方法的果然"中立"的学者，我都在内心里保留着一份崇高的敬意。

感谢责任编辑翟永存女士，为了本书的出版，她可谓竭尽心力。此前，魏东先生在出版方面也曾做过许多工作，在此一并致谢。

作者，2015年4月10日

（中央广播电视出版社2015年8月第1版）

《1911：潮打危城第一波》小引

二十世纪曙色初露，中国腹地爆发了一场革命，东方的第一场革命：辛亥革命。

然而，革命向何处去？到底是成功了，还是失败了？它是一出正剧，闹剧，还是悲剧？这是一个问题。二十世纪八九十年代之交，我们的学者在海外抛出一个惊人的结论："告别革命"。从论述中可以看到，这里的"革命"，便包括辛亥革命在内。

二战后，特别是二十世纪六十年代的学生风潮过后，西方知识界开始向右转，革命受到质疑和否定。对此，美国学者摩尔在其名著《民主与专制的社会起源》中做出辩护说："应当公正地意识到，几乎所有的历史记叙法，对革命暴力都带有严重的偏见。这种偏见之深确乎十分可怕。把暴力压迫同暴力反抗混为一谈，是十分荒谬的。然而，从斯巴达克斯、罗伯斯庇尔，直到现代，以武力反抗他们从前的主人的被压迫者，总是备受责贬。与此同时，正统社会日复一日的压迫，却在大多数历史书籍的背景部分一笔带过。甚至那些激进派历史学家在强调革命以前时代的非正义性时，也只是把注意力集中于革命爆发前一段短暂的时间里，这样，他们便非常不理性地扭曲了历史。"不是责难旧制度，而是百般贬损由这制度所激发的革命，真是咄咄怪事。

随同"告别革命"的口号滚滚而来的，是保守主义的浊流，泛滥于近二十年中国的知识界和思想界。在辛亥革命问题上，我们可以看到不少被歪曲的、颠倒的历史画面，圣徒变成魔鬼，小丑化为英雄。革命的正当性和历史的公正性遭到遮蔽。正如鲁迅当年不满于同样的情状所说的那样，许多烈士的血被踏灭了，在战士的缺点和创伤那里，围绕着一大群嗡嗡营营的"完美的苍蝇"。

辛亥革命留给现代中国的最大的政治遗产是什么？是结束了长达两千年的专制主义君主制度，倡言民主共和。仅此一项，革命已是功德无量。

当然,一个专制制度的覆亡是由多种力量促成的,所谓"力的平行四边形";但是毋庸置疑的是,以孙中山、黄兴为首的革命党人从中起到了杠杆的作用。中国历史上从来未曾出现过这样一群理想主义者,实干家,勇于追求、热情赴死的猛士。在同一个拥有庞大的镇压机器的旧制度作殊死斗争的过程中,他们焕发出集体的创造的活力,历史的首创精神。辛亥革命是观念革命,制度革命,城市革命,是与历史上大大小小的宫廷政变和农民起义根本不同的革命。革命的领导层是新生的知识分子,他们盗取西方的"天火",以政党和现代社团的方式组织起来,并且利用现代宣传媒介进行社会动员,让传统社会中的士农工商,包括海外华侨共同参与,这都是没有先例的。特别需要指出的是,革命党人在论战和斗争实践中所培育起来的自由、民主的精神,普遍参与公共事务的共和精神,是注入守旧的、令人窒息的社会意识中的新鲜空气,激荡,播迁,而影响深远。

民国建立伊始,虽然在社会底层中不见得具有深厚的基础,但当借武力逞雄,上下其手、不可一世的袁世凯试图挑战它而复辟帝制时,立即遭到举国的唾弃。对于政治寡头、僭主、独裁者,我们的国民什么时候有过如此一致的、公开而明确的反对态度呢?可见这场革命是一次有效的思想操练，而且头一次，就把民主共和的力量表现出来了。

十分可惜的是，革命的成果非但没有扩大，反而转眼之间萎落了。在"共和"的废墟上，出现独裁专制，出现不称帝的帝王式人物。用鲁迅的话说：革命以前是做奴隶，革命以后，竟做了奴隶的奴隶了。

历史出现反复，固然有革命者自身的问题，包括思想意识的缺陷，政治策略上的错误等等，但是最主要的，还是专制主义政治传统的势力过于强大。幽灵的可怕，在于它可以化为革命的肉身出现，革命到头来吞噬自己的孩子。因此，必须善于辨识真革命与假革命，真共和与假共和。作为辛亥革命的亲历者，鲁迅确信革命已经蜕变，对于革命的前驱者，乃至革命本身，始终不曾有过不负责任的指责；相反，他认为革命的遗产是珍贵的，所以希望有人认真做一部"民国的建国史"给青年人看，而深恐失传。

这就是纪念的意义。晚清著名的洋务派人物李鸿章说是"开三千余年未有之大变局"，而我们至今仍然置身于这"大变局"之中。在未来的时间维度上，想必我们会一再重逢诸如"自由""民主""共和"的字眼；要知道，中国大地上第一次出现这些字眼的时代,正是一百年前以辛亥革命为标志的时代。

(漓江出版社2014年1月第1版)

《五四百年回顾丛书》总序

五四运动发生至今,历经了整整一百个年头。作为中国现代化的一个源头,它的影响是深远的;现代化的发展不平衡,所谓"回归五四",正是在原初的意义上,彰显了它的历史性存在。一百年来,不同的政党、集团、个人不断地讲说五四,无一例外地,都在借此生发,为自己的政治立场、思想道德观念,以及各种实践活动寻找某种合理性和正当性,但因此,致使五四的形象,处在不断的毁损和重建之中。

如何书写五四,于是成了一个现实中的问题。

五四,既是一个事件,一场运动,也代表了一个时期，或者一个时代。倘要界定它的范围，首先得确定其中一些最基本的事实，了解其背景、构成、流向等。只有在事实的基础上发掘其内涵，才能对它做出本质性的规定，即五四所以为五四，而不同于其他历史事件或社会运动的地方。

女作家萧红有一篇纪念五四的短文，叫《骨架与灵魂》。在这里，我们不妨借用她的题目，概括五四的内容、形式和意义。就"骨架"而言，五四包含两大部分：一部分是以1919年5月4日北京青年学生游行示威为标志的爱国运动，即最早出现于北京学生联合会的《总罢课宣言》中的"五四运动"一词所表达的政治内容；之后商人、实业家、市民和工人的介入，甚至农民运动的兴起，都是这部分内容的扩大。另一部分，乃指五四事件发生前后数年开展的新文化运动，标志是《新青年》杂志的创办，震骇一时的思想革命和文学革命，就是陈独秀、胡适、鲁迅等人借由《新青年》发动起来的。因此，我们所称的"五四"，是社会政治运动与思想文化运动的结合。所谓"骨架"，显然不是单一事件的框架，而是由众多的运动和事件、不同的思想和活动所合成。

五四是一个过程，既是政治过程，也是文化过程。关于它的时间长度问题，周策纵在所著的《五四运动：现代中国的思想革命》中有过周详的介绍。其中有多种说法，或指几个月，或指几年；或指1915年至1923年，即《新青年》创办至科学玄学论战结束；又有延至1925年五卅事件者；陈独秀所定的时间更长，直至1938年，还说"五四运动时代"没有过去。周策纵本人有一个分法，即将五四时期限定在1917年到1921年，但又说运动到1921年并没有完全终止。他认为，五四的时间跨度是可变的，而不应严格地统一固定下来。没有因为迁就教条而牺牲事实，这种开放的态度，正是一种历史主义的态度。

作为一个历史时期，五四最大的特点，是以青年知识分子为主体的，自发的，自治的，自我选择、自我探索和自我负责的。随着运动的开展，逐渐地，政治大于文化，集体大于个体，斗争代替竞争。但是，无论多种文化思想和政治派别的消长变化如何，都处在一个自由的共同体内；只有到了国民党统一（至少在形式上）全国，实行"一党专政"之后，才得以结束这种多元化的局面。有鉴于此，关于五四的限期，不妨从1915年《新青年》（《青年杂志》）创办时算起，至二十年代后期止，即以1929年胡适等人发起"人权运动"而遭到"党国"行政扼杀为结束的标志。

在整个历史河段里，五四事件是一个波峰，前头是思想启蒙的较为平静的河面，千年死水开始动荡，经由五四事件，迅速形成各种社会运动和政治运动，而后变得更为汹涌湍急起来。五四事件虽则由1915年日本提出的"二十一条"，以及1919年巴黎和会做出的关于山东的决议所引发，但是，应当看到有一个很重要的历史条件，就是民国建立以后所形成的"共和"的空气。袁世凯称帝和张勋复辟不成，乃至段祺瑞政府成为弱势政府，都同当时的政治空气有关。不能低估辛亥革命的后续效应。还有几个条件，其一是现代知识分子队伍的形成，其二是西方现代价值观念的引进；知识分子作为"观念人"，这两个因素是紧密结合在一起的。还有一个因素，就是苏俄的崛起，它不但影响了当时中国的政党政治，还因为对群众运动和革命暴力的推崇，而影响了五四运动以后二十年代的整体走向。

一方面是思想文化运动由多元不断缩减至一元，集团化，党派化，意识形态化；一方面是工农运动，北伐战争，不断推进反对帝国主义和军阀主义的斗争，结果，对于发动五四运动并且一度成为主体的知识分子来说，整个运动的历程也就成了一个"熵"过程。二十世纪二十年代末，五四事件才过去十年，鲁迅就做了"五四失精神"的结论；至三十年代中期，胡适也说"这年头是'五四运动'最不时髦的年头"，理由是："五四运动的意义是思想解放，思想解放使得个人解放，个人解放产出的政治哲学是所谓个人主义的政治哲学。"五四运动一开始，个人意识与民族意识便纠缠在一起。个性解放，与西方式的个人主义很不相同，没有传统，缺乏根基。启蒙的目的，无疑是指向大众社会的，然而，在"庶民的胜利"中，知识分子竟意外地发现，他们已然失去了原先的位置。民族主义、社会主义最后压倒了个人主义和自由主义，这不能不说是中国知识分子的宿命。

在有组织的运动、革命和战争的冲击之下，五四事件前后形成的松散的知识分子团队不但没有进一步凝聚成为一股独立的、强大的社会势力，而且失去了原动力，迅速分化瓦解，最后溃不成军。正如鲁迅所形容的，高升者有之，退隐者有之，新文化运动的策源地成了"古战场"。但是，应当看到，在整个五四运动期间，尤其是前期，一代知识分子所释放出来的政治能量是巨大的，为了改造一个古老的、封闭的、专制主义的传统社会，他们做出了不可磨灭的贡献。

我们说五四，首先是说中国的知识分子；我们说中国知识分子，也就不能不说五四。五四运动是知识分子运动,无论是作为文化运动、思想运动还是政治运动,都是知识分子的创世纪。一、人的发现。鲁迅在五四前十年即主张建立"人国",一年前发表的第一篇白话小说《狂人日记》,其主题便是揭露"吃人"的家族制度,呼吁"救救孩子",解放个人。《新青年》揭橥"民主"与"科学",此前又宣告"科学与人权并重",所谓"民主",明显是以"人权"为其核心内容的。个性解放是五四的新潮流,尼采、易卜生成了广大青年的新偶像。恋爱自由、婚姻自由、言论自由、出版自由、结社和集会的自由,无论在私人空间还是公共空间,个人都有自由选择、自由行动的权利。"我是我自己的,他们谁也没有干涉我的权利!"鲁迅小说《伤逝》中子君的话,可以说是五四这部伟大的时代剧中的典型台词。整个知识群体也一样,自组织,自生长,自己管理自己,自己解放自己。在中国几千年的专制历史上,这是从来未曾有过的。二、世界的发现。中国传统知识分子讲求"以天下为己任","天下"是"家天下",他们无法摆脱人身依附的地位,毕生的使命,唯在维护一个打着"天下",或"国家""民族"旗号的特权集团的政治利益而已。五四知识分子才第一次获得了世界主义的眼光,他们在发现人的同时发现了世界,发现在世界上流行已久的以

"人权"为核心的民主、自由。而这时,他们也能凭借已然独立的社会身份,利用从国外拿来的新知识、新观念、新工具,去改造眼前的不合理的社会。三、批判性。五四知识分子重估一切价值,是旧轨道的破坏者。"打倒孔家店"在当时是著名的口号,传统文化、东方文明,是他们主要的攻击目标。他们是大胆的、叛逆的、战斗的一群,全有或全无,表现出一种激进的、不妥协的斗争态度。四、创造性。五四的一代为后世所讥评的,其中最突出的是所谓只"破"不"立"。与其说,这是一种历史偏见,毋宁说是诬枉之词。这一代知识分子在短暂的时间内,创造了"新文学",推动了新闻出版的快速发展,报纸杂志之多是空前的。这时大兴平民教育,勤工俭学,许多青年学生"到民间去",普及现代观念和科学知识。大多数现代学术机构都是在此期间创立的,同时大学也建立了不少新学科。随着对封建礼教的批判和现代伦理的确立,妇女有了独立的地位,像男女合校、妇女参政,许许多多都是新生事物。这些知识分子宣传各种主义,讨论各种问题,参与实际变革,不愧为中国现代文化的立法者和阐释者。五、理想主义和英雄主义。五四运动是一个"梦工场",知识分子建造了各式各样的乌托邦,他们的着眼点全在于建造一个"少年中国",前所未有的中国。这是一批夸父式，或堂吉诃德式的人物，他们企图把西方几百年的文明进程压缩在一个时代瞬刻完成，他们在挑战历史的同时挑战自己。

我们说五四的"灵魂"，就是指五四这一代知识分子的集体人格和精神，其间，充分体现现代知识分子的主体性。他们不是历史的配角，他们永远在以他们所具备的批判性知识和创设的观念原则，来规范社会，改造社会。他们是自由、民主、社会正义的保卫者，专制和愚昧的敌人。五四的"灵魂"高悬于它的"骨架"之上，启示录般永远照临着我们。

藉五四一百周年来临之际，我们编辑了《五四百年回顾丛书》，以为致敬。这是一套史料集，共四种：《五四现场》《五四思想论战》《五四新文学正典》《五四百年评说》。前三种，或勾画五四事件的轨迹，或披示五四时期的思想冲突，及其与运动的联系，或展现新文学的成就，算是重现五四的"骨架"。而后一种，则属意梳理五四的阐释史，取诸多个侧面，整合五四的"灵魂"。

谨以此丛书，献给五四这个永在的英雄主义时代，献给点燃现代中国改革火炬的勇猛的先驱，同时献给接踵前行的千千万万无畏的人们！

五四不曾过去，五四属于现在，更属于中国的未来！

2018 年 10 月 10 日

（香港城市大学出版社 2019 年 5 月第 1 版）

《五四之魂》自序

数年前,曾经读到一位西方学者的一段近于史论的文字,说他极其怀念十九世纪,因为在他看来,所有伟大的、有创造力的、有魅力的人物都出在那个已然逝去的时期。话说得很绝对,颇有"终结"的意味。人们很可能拒绝接受这样的结论,但是,其中表现出来的极端的感慨的心情,我想是可以理解的。像五四,距今将达一个世纪,依然引起我的追怀。

认识五四,对我来说最早始于一种文学想象。中学时代,阅读了相当一批五四文学作品。鲁迅、郭沫若、郁达夫、田汉、曹禺、冰心、冯至,都是我所熟悉的。在这个文学世界里,明显地存在着两种倾向、两种色彩:一是个人主义的，梦想的，叛逆的，奋斗的；二是人道主义的，爱的，同情的，救助的，二者构成为一代人的独特而迷人的精神气质，英雄主义中夹带着某种先行的孤独与无援的感伤。伍尔夫说道："1910年左右，人类的性格改变了。"这段话，用于描述当时从传统士人中蜕变而来的中国现代知识分子更为合适。是他们以松散而一致的思想行动，改变了一个老大帝国的几千年的沉闷气氛，使之有了一股蓬勃上升的朝气。

整个"文化大革命"是一片精神荒漠。文学期刊停顿，书架洗劫一空，惟余一种"红皮书"，雄赳赳地进入每个书店、机关、工厂、学校和家庭。随后，鲁迅著作的单行本相继发行。鲁迅存在的合法性，在当时是一个颇具讽刺喜剧意味的现象。作为一代启蒙思想者的代表，五四精神的实质的体现者，正是鲁迅自由的、人性的、异议的文字，使我在那段充满嚣声的时日里得以延续梦寻的道路。

至于全面接触中国近现代史，主要是五四史料，则在计划写作《人间鲁迅》的时候。这时，五四，第一次以一个立体的历史性形象重现在我的面前，它那光芒四射的批判精神与奔涌不已的创造活力，使我深受震撼。然而，最令人震惊的是，作为一个思想文化运动，它并不如意大利文艺复兴或法国启蒙运动那样具有广延性，而是飙风一般突然兴起，旋即归于平复。五四的旗帜是"德先生"和"赛先生"，就是说，中心价值是自由、民主、人权、科学，只要回顾一下它们在近百年来的命运轨迹，就可以知道，中国的现代化道路是何等的艰难曲折，坎坷不平。

一切历史都是精神史。而一个民族的精神史，在某种意义上说，也就是它的命运史。我们说俄罗斯精神、德意志精神、法国精神或美国精神，其实都可以通过精神现象的分析，破解这些国家民族的历史命运的密码。关于中华民族精神，我们往往袭用新老国粹派鼓吹的"东方文明"的论调进行定义，而弃置了五四精神的新内容。如何阐释五四？如何看待五四作为一个变异的精神实体的独特性？如何承受五四的精神遗产？其实，这并非是一个带有学究气味的历史学问题，而是直抵现实核心的问题，首先是知识分子问题。不仅仅因为五四是知识分子运动，而且，这也是由知识分子角色本身，即工作的性质所决定的。知识分子是民族的头脑，是变革的先觉者，先天地具有问题意识的人；是精神的创造者，价值体系的阐释者和批判者。"一个民主的民族极其需要清晰的思维"，英国的一位逻辑学家强调指出，"除非我们知道什么是我们正在思考的问题，否则就不是在思考"。我认同这个说法，要弄清楚五四这个现代化的源头部分，正是一个亟待民主改革的民族所要求于知识分子的。

如果说二十世纪八十年代末，中国知识界在纪念五四时所做的讨论，还比较切合历史的实际的话，那么，场景置换为九十年代，结论就整个地颠覆过来了。与此相关的是，法国大革命在中国知识界所遭逢的命运也大致相同。这种前后态度的变化不是偶然的。此后的情形，正如我们所看到的，一方面消弭知识分子意识，一方面制造知识分子神话。五四，包括其中的人物，比如鲁迅与胡适，在这里便都成了特别的符码，被倒转的手势，推向一个预设的秩序主义的意义场域之中。

几年前，我曾写过一篇《五四之魂》，对五四精神的迁变作过一个粗略的勾描，自觉框架还算合理。某日与朋友谈及知识界，于是起了重印的心思。承蒙广西师大出版社郑纳新先生慨允，便将该文从大象版《自制的海图》中抽出，加上此前发表的《胡风集团案》，以及十余篇短文，编成这个集子。

书名取巧用了首篇的题目，副题作"知识分子精神史"，意在表明全书的一个较为一致的思路，实际上，这些年来我也确曾注意及此。所谓"史"，明显是夸大了的说法，只是借以显示精神演变的一条线索而已。

历史始终使我心存敬畏。

（广西师范大学出版社 2008 年 6 月第 1 版）

《夜听潮集》题记

把集子编完,这才发觉,写下这些芜杂的文字,断续地竟然费去四五年时光。

温良的书桌,太平的市街,所见如是,日复一日,感觉自然变得迟钝起来,仿佛真是"太阳底下无新事"似的。其实,在这期间,外面的世界变动太大。所谓"大气候",冻雷轰鸣,风暴四起,雨雪如盖,而且至今似乎仍然没有停歇的迹象。

2008年,"进军华尔街"的喧哗声,犹如二十世纪六十年代"进军华盛顿"的回响,但是它已不复关涉民权问题,而是源自经济的震荡。两次运动规模浩大而又和平地进行,然后渐趋平复,为社会不同层面所吸收。"中东革命"不同。这是一场酷烈的、持久的斗争，发生在亨廷顿文明冲突理论中的同一种最古老、最封闭、最坚固的文明内部。2011年春，从突尼斯"茉莉花革命"开始，一连波及数个国家，有如骨牌效应，一些铁腕人物如卡扎菲、穆巴拉克等，相继应声倒下，或者逃亡，或者囚禁，或者暴亡。我到过开罗，看见广场、街道和店铺到处都挂着穆巴拉克的画像，当时就立即想起我国"文革"时的景况。在革命中，政治、宗教、经济、文化诸多因素纠缠在一起，其中，民主政治的要求是最突出的。戏剧性的是，取代穆巴拉克的穆尔西上台刚满一年，就又被震天的呼啸声所击倒。革命继续向前推进。在东欧，乌克兰于1991年剧变中摆脱苏联的控制而取得独立，2005年继发"橙色革命"，时隔八年后的今天，民众再次走上独立广场，坚持自由选择，结果把由他们原先选出的总统亚努科维奇抛出了基辅。伟大的戏剧在演出中。在幕布的后面，尽管不同国度、党派和势力的代理人，甚至混有幽灵穿梭往来其间，我确信，人民毕竟存在，而且是这个由手机、互联网以及传统的集会和街垒所搭筑的现代政治舞台的主角。

关于文学和革命的关系，鲁迅曾经做过一个近于"文学无用论"的演讲，其中说："一首诗吓不走孙传芳，一炮就把孙传芳轰走了。"革命是政治和社会矛盾的汇集，许多在书本中夹缠不清、晦暗难明的问题,例如自由、民主、主权,等等,都可以从革命的实际变化中找到直接的生动的解释。继柏林墙坍毁之后,海外学者高调宣扬"告别革命"的理论,二十年来,响应者众。虽然,我曾多次作过公开的驳议或迂远的讽说,但是自觉没有力量。如今,革命接踵而至,不因有人"告别"而终结。于是想,远方的涛声与火光,不就是最雄辩的答词吗?何必喋喋乎哉!

集子中的文字,内容不外乎历史、政治、文化与文学,并非专谈革命,但是又不免有所牵涉。只要谈及新旧两个世纪,老实说,要逃避革命的话题几乎是不可能的。全书编定,已是午夜,四周静极。此时,忽然忆起唐人的一句诗"江声夜听潮",便讨巧用来做书名,没有别的意思。

2014年3月3日

(漓江出版社2015年1月第1版)

《世纪流向》编后记

"历史的记忆已经死去。"霍布斯鲍姆在他的最具影响力的著作中写道,"过去的一切,或者说那个将一个人的当代经验与前代人的经验承传相连的社会机制,如今已经完全毁灭不存。这种与过去割裂断绝的现象,可以说是二十世纪末期最大也最怪异的特色之一。"

对于刚刚逝去的世纪,我们剩下的记忆是什么呢?应当如何定义这个世纪?

霍布斯鲍姆一口气列举了十二位文学界和学术界人士对二十世纪的不同看法。人们或者着眼于屠杀、战争、恐怖和死亡,或者着眼于科技的进步,或者着眼于第四阶级的兴起,政治革命及其他社会运动的开展,或者着眼于经济全球化，或者着眼于自由、平等、正义等理想价值观念在各国的地位和表现；由于着眼点不同，评判的结果往往南辕而北辙。另有论者把诸多矛盾合并起来，不褒不贬，亦褒亦贬，以为这就是二十世纪的本来面貌。英国音乐家梅纽因的总结很有代表性，他说："二十世纪为人类激发了所能想象的最大希望，但是同时也摧毁了所有的幻想与理想。"

二十世纪的中国历史是一部现代化史。回顾过去，没有任何一个时候像二十世纪这样让中国与世界的联系变得如此紧密。从这时候开始，中国社会任何重大的变动，已经不可能完全离开活跃的国际因素。历史是一条大河，它有主流，有支流，它固然汹涌向前，但也有迂回、停滞以至倒退的时候。二十世纪仅是其间的一个河段，因为位处下游，看起来会更开阔也更清楚。

本集子选入两篇长文，关系二十世纪中国历史的两个大事件：辛亥革命和五四运动。可以说，一篇写的是政治史，另一篇涉及精神史或思想史。评述五四并不限于一时，而是一直延至九十年代，在时间上算是有一定的完整性，只是太集中于知识分子问题。

此外，还选用了一篇转述苏联解体前后情况的文章。一者所谓"苏东事件"是国际的大事件，二者事件恰好发生在世纪末,借以结束全书,对二十世纪来说似乎就有了一种段落感,虽然在体例上,与上述中国的内容有点不太相干。

2014 年 5 月 4 日

(复旦大学出版社 2014 年 9 月第 1 版)

星　空

《午夜的幽光》题记

大约是因为气候的缘故,这几天好像什么事都不能做,只好翻看旧稿。想不到,两三年来在报刊上发表的关于知识和知识分子的文章,居然有了十余万字,于是着手编了起来。断断续续地,及至午夜,手头终于多出了这样一个集子样的东西。

书名采自集内叙说法国思想家薇依的一篇。这位柔弱的女性,不但才智过人,其道德勇气尤其令人景仰。从左拉到薇依,到后来的萨特、加缪、福柯,他们的行动自外于权力,或者简直就是挑战权力,明显地具有一种个人的或团队的英雄主义,形成与俄国知识分子同一底色,而又独具法兰西特色的现代知识分子精神谱系。不同于经院知识分子的是，他们耻于做知识学的炼金术士，而争当大众社会的燃灯者和拓荒人。

《关于知识分子的札记》六篇曾在《随笔》杂志连载，后因故移至《东方文化》杂志刊完。全篇泛泛而谈，卑之无甚高论，唯脉络尚算清晰，重心仍在知识分子的公共性，结论则有点失败主义的味道，应当不足取的。其余论及西方知识分子的篇什，都属个案分析。回过头看，好像这些来自不同国度不同时代的人物都带上某种类似的特点，即反强权、反体制、反潮流，以及平民主义的立场。他们缺乏中国知识分子的温顺、折中、机变，来源于儒家文化和本土政治经验的东西；往往喜欢走极端，"全有或全无"，为了真理和正义，那种挑战反抗，争天拒俗的精神，在我们看来，确实是很可惊异的。有学者说，这同他们的宗教文化大有关系，是耶非耶，却很难说。但如果有人在中西文化比较的基础上，做一部知识分子精神史，倒是很有意思的事。

中国知识分子方面涉及两个人，其一是鲁迅。对于鲁迅，我以为，他是中国最彻底的自由主义者，标志就是与权势集团相对立，而致力于阻拒国家对人——现实中的弱势群体及生命个体——从物质到精神的全面剥夺，而且，自始至终，坚持个人的自由实践，体现了作为一名叛逆的精神战士的思想与行动的一致性。关于鲁迅的争论早已展开（至二十世纪九十年代，崇胡适而贬鲁迅的论调大行其道），离结束之日尚远。有一点明白无误的是，鲁迅存在的意义，唯有在对身为类存在者的社会身份——从奴隶（这是鲁迅常用的词）到公民到世界公民——有了充分的认识之后，才有可能做出较为准确的阐释。

另一位是李慎之。他身体力行，致力于西方现代价值观念的普及工作，很教人佩服。但是，他否定革命的结论，我是明确表示反对的。戏剧性的是，他启蒙的"西学"内容并未达致人们的共识，而类似的"告别革命"论，自二十世纪九十年代初开始，却日渐成为中国思想学术界的主流。

据说公正的时间可以验证一切，其实未必尽然；若然，就不会有如"永劫不复"一类说法。而今借了整理旧稿的机会，重睹其中这些知识分子及其思想的命运，难免生出许多感慨。这期间，升降浮沉，兴衰成败，何尝有什么定论呢！

2004年6月3日

（广西师范大学出版社2005年11月第1版）

《纸上的声音》题记

岁云暮矣。

灯下编辑几年来的短文,发现题旨颇相近,都是知识分子、文化与文学之类,跟此前出版的集子差不多。

关于知识分子的话题,始于对鲁迅的阐述;稍后,为舒芜的文章所触发,乃有关于"胡风集团案"的议论。这时,历史已被推入二十世纪九十年代,沉寂间勃兴了诸如"告别革命""反思五四""躲避崇高""振兴国学"等猛论,或许与心境的焦烦有关,总之听起来特别聒噪,遂又断续写下若干质疑及抗辩的文字,以至于今日。这些文字,自知距神圣的"学术"太远,无非抒愤懑而已。

论及鲁迅时,曾写过"中国没有知识界"这样的话,原是针对二十世纪三十年代知识分子集体"入阁"的现象而来的，而今检讨起来，似乎也还算不得过激之谈。"知识"而有"界"，不问而知，存在着知识分子精神的整一性，所谓"团队精神"。就是说，有一个共同的价值观，引导着知识者的实践，并以此维系他们。试想，在中国历史上，除了五四，我们在什么时候看到过这样一个有着道义担当的知识群体呢？

对五四——无论是作为一个时段，一次运动，还是一种思潮——的理想性、批判性和反抗性的否弃，实质上是对知识分子角色的背叛。什么是知识分子？五四一代以英雄主义的群体行动，对这个拿来的概念首次做出本土性的阐释。简而言之，其一，对权势社会保持相对的精神自由及独立身份；其二就是社会实践性。伯林把俄国知识分子称为世界上最优异的军队，詹姆逊说最好的知识分子出在法国，都因为这些国家的知识分子代表社会的广大阶层，主要是底层，即所谓"沉默的大多数"以抗议政府，而且一直处在社会运动的前沿。胡适称五四新文化运动为中国的"文艺复兴"，也正因为适时产生了一批破坏旧轨道旧偶像的人物；在人的解放这一根本意义上，与世界现代潮流相衔接。

知识分子本身意味着独立性与公共性的叠合，要求置身于公共空间而立足于个人责任。对于"公共"的涉入，可以有不同的状态和方式，大呼猛进者固不必说，像加缪小说《鼠疫》中的里厄大夫做的疫情记录工作，看起来平淡得很，而工作的实质却在于对抗遗忘。为人类的灾难作证，公共性是不言自明的。知识分子的角色选择唯是一种选择，就是听从良知的召唤，坚持在破坏中建设，在体制外建设；结果，导向革命问题的讨论，乃至直接参与革命都是势所必至的事。书中介绍的两位女性卢森堡和阿伦特，都有论革命的专著，卢森堡最后还是以身殉了革命的。她们一致肯定革命对于创造一个政治自由空间的积极作用，这种态度，与我国当代俊杰之士反对革命的论调完全相反。

文化问题过于广大，简直无所不包，像革命，就是一种政治文化。书中虽然多有涉及，不过泛泛之谈，只有关于国民性批判问题的一篇札记，思路稍为集中，但也并不深入，只是从相关的材料中拈出可供追索的若干线头罢了。讨论最多的还是文学。中国文学的问题，我以为，精神的衰微和语言的贫乏是主要的。这里有一个语境问题。其他精神文化领域，似乎也都大抵如此。

不是知识分子而谈知识分子，正如不是文化学者而谈文化，不是文学家而谈文学一样，于我确乎是不相宜的。

然而没有法,世事总有不能已于言者,何况像我这样褊狭不平和的人。从前自以为是一个乌托邦主义者,其实由来便非专一迷恋旧日的梦境,也不时环顾左右,有所憎恶,有所抗拒,于是又觉得是一个反乌托邦主义者了。

世上的许多问题本是无须讨论的,即便有所谓"公共论坛",看似众声喧哗,到底是自说自话。一个人在纸上跋涉、歌哭、笑骂,全凭内心的指示;这种自我解放的感觉,在实际生活中确是不曾体验到的。虽然,声音听起来不免显得空洞、含糊、乏力,且往往羁留纸上而于社会无涉,我仍然乐意倾听,——因为,毕竟是自己的声音。

2009年1月25日,除夕之夜

(漓江出版社2015年11月第1版)

《流亡者丛书》序

十多年前，即有论客断然宣告：现在已经到了"非英雄化"的时代。后来，文界果然有了关于鼻涕毛毛虫之类的"实验性"叙事话语；再后来，连"躲避崇高"的高论也都出来了。然而事实上，却别有一些人，以无比坚苦、永不停顿的工作和斗争，改造着周围的世界。正如鲁迅所说，这是地底下的"中国的脊梁"；不是几个嗤笑英雄的英雄，以自欺欺人的笔墨和脂粉所能抹杀得了的。

世间的英雄，好像历来就有这样两种：一种以暴力称雄，如恺撒、拿破仑；一种则宁死不能屈从别人的奴役，从而以暴抗暴，如斯巴达克斯、玻利瓦尔。前者追求王冠与权杖，英雄的声名就建立在这上面；后者唯存在于英雄主义行动本身。还有一种人，除了思想和声音一无所有；因为无力抵抗，只好任由法律、刺刀和大棒的驱逐，或者自动逃亡。此即所谓"流亡者"。

为了众人的福祉与独立的信仰，这些流亡者，宁愿担受亡命的厄运，也决不肯做顺民，更不用说颂扬暴政了；在辗转流徙之中，始终保持着心的反抗，倘使没有几分英雄主义是不容易做到的。勃兰兑斯在论及十九世纪初法国的"流亡文学"时，指出："流亡者不可避免地属于反对派。但反对什么却因人而异，有的反对恐怖统治，有的反对帝国专制，要看他们是从哪一个暴政下逃出来的。"政治霸权的不测之威，简直不可理喻。作为反对派，流亡者不可能像身穿燕尾服的议员那样，在宽敞富丽的议政大厅里侃侃而谈，或者像被豢养起来的院士那样，从容地写些供上头参考的策论；他们发出异端的声音，需要付出人生的全部幸福乃至生命作为代价。

每当零散地读到流亡者的文字，心中没有不起波澜的。感动之余，这才生出一份集中保存下来的心思。经同几位朋友谈起，得到一致的赞同，便终于有了眼下的这样一套丛书。在坊间满目豪华、雅致、艳丽的出版物中，譬如搁上几块焚余的笨重的砖头，虽然不甚协调，倒也算得多出一种色彩；夸大一点说，也未尝不可以看作是一种

"参照"罢。

流亡者写的书,是与"为艺术而艺术"完全绝缘的。作者因流亡而获得一种特殊的生存状态,这种状态,赋予作品以苦难和英雄的双重气质;以致无意讲究形式而具备了自己的形式,无意追求风格而完成了自己的风格。由于作者处于地下状态,所以能够以平民的身份说话;不像一些纯粹的作家,总是企图在书中暗示或炫耀自己的尊贵与聪明。身为"世界公民",遭到恐怖和死亡的追逐而栖无定所,却始终忠实于大地和人民;虽然在实力悬殊的斗争中,表现了极度的高傲和勇敢,而在人民的面前仍然显得那么谦卑。他们在黑暗中摸索前行,坚定而执着;即使连最亲昵的人们报以冷漠、误解,甚至仇恨,一样不予规避,直到最后把自己牢牢钉死在现实的十字架上。这就是人格的神圣的力量。所谓文学,其实是人格的文学。文学的真伪优劣,唯从思想和生命的原生状态中获得本质的说明。

流亡者的文字,原本并非作为艺术的范本而出现的,及至穿越蒙难的时代而至今日,也当算是历史性的文献了。好在人类的进步事业远比文学事业本身要伟大得多。仅此一端,丛书的编辑便不失为一种欣慰的纪念;虽然出版以后,逃不掉寂寞的命运是很可能的。

但是，它们到底会找到自己的读者——我不相信，人们活着可以不需要精神。

1996 年 1 月
（贵州人民出版社 1999 年 1 月第 1 版）

《流亡者之旅译丛》序

在一座焚毁的大厦的废墟中,我寻检到这些书籍,因为烫手而把它们全都撂到了一起。在不同的文字中间,我一样看到火光、暗夜,革命者、告密者、忏悔者,闪烁在铁网中的眼睛;一样听到昂扬的和喑哑的歌声,子弹的锐叫、镣铐的叮当,嘶喊、呻吟和叹息……

这就是红旗下的苏联的历史,英勇地战胜了德国法西斯,而又在"大清洗"中无辜地葬送了两千万生命的苏联的历史。

《联共(布)党史简明教程》,曾经一度成为国际共运的教科书。事实证明,那是一部虚构的历史。在一个失去民主保障的国度里,真实的历史,只能保存在社会档案里。在当时的苏联，其实要保存一份有价值的文献是极其困难的。然而，即便如此，却仍然有人像保存亲人的生命一样，为保存一份真实的记录，甘愿承担可能的风险。我读到苏联作家格拉宁的一篇文章，其中说到他在参加作协为著名讽刺作家左琴科恢复名誉的活动之后，到档案库查找左琴科在几十年前一次批判会议上发言的速记记录的情形：

> 速记记录倒是列入在册的。可是，已经没有了。它被清掉了。什么时候？谁干的？不得而知。不难看出，文献对某些人来说是如此令人愤怒和可怕，以至于连在档案库里都不能保存。……
>
> 有一回，我自己也不知为什么向一位认识的女速记员讲了我多年来四处寻找那一份速记记录，却徒劳无益。……过了大约两个月，她打电话请我去。当我赶到时，她没作任何解释，递给我一沓打字机打好的纸。这正是米哈伊·米哈伊洛维奇（左琴科）那个讲话的速记记录。从哪儿？什么方式？从一位曾在那个会议上工作的女速记员那里得到的。……速记记录上贴着一张字条："对不起，有些地方记了个大概，我当时特别激动，眼泪影响了记录。"没有署名。……

一个普通妇女，她知道左琴科什么呢？难道她比我们的作家和学者更明白一个"敌人的走狗""流氓""资产阶级下流作家"的价值吗？然而，仅仅凭着诚实善良的天性，她保存了这样一份历史的见证。当篝火已经熄灭，唯靠沉默的石头保留了火种。

什么是历史？它是与人类尊严密切相关的伟大的集体记忆。因此，除了可供实证的故址和文物之外，历史的构成，还须包括经由回忆录、日记、书信、自传、传记等形式披露的不同人物的内心真实。甚至可以说，那些袒呈的个体生命，千疮万孔的灵魂，比历史家的关于民族、国家、政党的一鳞半爪的记载，或者梳理得整整齐齐的材料更真实，更可靠。

我把摆在手头的十种书，以及焚毁的历史，取名为《流放者译丛》而奉献于读者之前。这些作者或传主，都是知识分子作家。在一个极端的变态的历史时段，他们同许多职业革命家及将领们一起，成为苏维埃政权的最危险的敌人。贡布罗维奇说："我觉得任何一个尊重自己的艺术家都应该是，而且在每一种意义上都必然是名副其实的流亡者。"这里称之为"流亡者"，除了这层意思以外，还因为他们并非一生平静，终老林下的顺民或逸士；其中几近一半流亡国外，余下的几乎都是遭受压制、监视、批判、疏远，而同时又坚持自我流亡的人物。在内心深处，他们同权势者保持了最大限度的距离。

大半个世纪过去了。苏联作家足够经受了时间的严酷的考验，他们无愧为从博大深厚的黑土层生长起来的人道主义传统的继承者。对此，美国著名记者索尔兹伯里赞扬说：

> 俄国有这样的诗人多么值得庆贺；他们那么伟大，他们的伟大在于为了生存必须战斗，而他们知道必须战斗。敌人就在那边，清晰而明显。甚至在他们的前辈西蒙诺夫们、爱伦堡们、曼德尔施塔姆们、茨维塔耶娃们、阿赫玛托娃们指出敌人之前他们就懂得了。诗人清楚他们的使命。那就是讲真话。让俄国人听到真实情况，不管多么可怕。讲了，再讲，才能使人们听到他们的声音。我多么羡慕俄国有这些诗人！一百年后，他们的声音，他们的勇气，他们的诚实将使俄国多么为之骄傲！

苏联对我国的政治生活的影响是巨大的，既点燃火光，也投下可怕的阴影。书中描写的时代氛围，事件，众多苦难的制造者和承担者,等等,都是我们所熟悉的。今天,当我们为了确立未来的坐标而回首前尘的时候,当我们凝视历次政治运动的累累伤痕,寻思"文化大革命"的十年噩梦的时候,我们面对发烫的书,它们能够在多大程度上触动和开启我们?

1995年6月初

(花城出版社1998年1月第1版)

《人间鲁迅》引言

一个可以由此得生,也可以由此得死的时代是大时代。大时代总要产生巨人。

鲁迅是巨人。他不是帝王,不是将军,他无须挥舞权杖。作为旧世界的逆子贰臣,唯以他的人格和思想,召引了大群年轻的奴隶。他把对于民族和人类的热爱埋得那么深沉,乃至他的目光,几乎只让人望见直逼现实的愤怒的火焰。数千年的僵尸政治、"东方文明"、专制、强暴、虚伪、保守和蒙昧,都是他攻击的目标。他教奴隶们如何反抗,如何"钻网",如何进行韧性的战斗。他虽然注重实力的保存,却不惮牺牲自己,必要时照例地单身鏖战。在一生中,他呐喊过也彷徨过,甚至在"横站"着作战的晚年仍然背负着难耐的寂寞,但是从来耻于屈服和停顿。中国的思想文化界,没有一个人像他一样赢得众多的"私敌",没有一个人像他一样招致密集的"刀箭",因此,也就没有一个人像他一样获得更为辉煌的战绩。他所凭借的仅仅是一支"金不换",便在看不见的但却是无比险恶的战场里,建树了超人一等的殊勋。

在他身后,自然要出现大大小小的纪念会、石雕、铜像,以及传记。可悲哀的是:当再度被赋予形体的时候,这个始终屹立于人间的猛士,却不止一次地经过有意无意的铺垫与厚饰,成了奥林匹斯山上的宙斯。

平凡的伟大才是真正的伟大。鲁迅是"人之子",人所具有的他都具有。正因为他耳闻了愚妄的欢呼和悲惨的呼号,目睹了淋漓的鲜血和升腾的地火,深味了人间的一切苦辛,在他的著作中,古老而艰深的象形文字,才会变得那么平易,那么新鲜,那么富于生命的活力。

对于这样一个毕生以文字从事搏战的人,他的形象,其实早经文字本身表达无遗了。世间的纪念物,丝毫也不能为他增添或减损些什么,无非是后人的一种感念而已。如果它所激发的,不是对真理的渴求,不是奔赴生活的勇气和变革现实的热情,而是宗教式的膜拜,那么毋宁说:我们什么都不需要!

历史人物之所以伟大，正在于我们可以因他而深刻地意识到自身的存在；在存在方式的选择中间，我们根本不愿拒绝他的灵魂的参与。鲁迅就是这样一个人。他没有把黄金世界轻易预约给人类，却以燃烧般的生命，成为千千万万追求者的精神的火光。

真正的巨人活在时间的深度里。应当相信，历史终会把最有分量的东西保留下来。

(花城出版社 1986 年 9 月第 1 版)

《鲁迅的最后十年》引言

鲁迅死于二十世纪而活在二十一世纪。

这是一个奇异的生命现象。然而,他并不像别的伟大人物那样,带给世间的惟是静止于历史的或一阶段的炫目的光辉;与其说,他带来的是"欣慰的纪念",凯旋门,缤纷的花束,毋宁说是围城的缺口,断裂的盾,漫天无花的蔷薇。作为现时代的一份精神遗产,它博大,沉重,燃烧般的富于刺激,使人因深刻而受伤,痛楚,觉醒,甘于带着流血的脚踵奋力前行。

1881年,鲁迅出生的年头,正好临近帝国的悬崖,是时间的断裂带。中国现代化,在民族的屈辱中蹒跚起步,许多陌生的事物,陆续出现在大队蠕动着的辫子和小脚之间。随着经济的萌动，政治改革的一次尝试——戊戌变法——旋起旋灭，蒙受血光之灾。中国向何处去，成为横亘在官员、士子和百姓面前的共同的问题。

汉学家费正清用"沿海中国"和"内陆中国"的概念，阐述中国近代的两大传统。鲁迅的出生地，恰恰落在沿海中国的一个不大不小的城镇：绍兴。它是古老的，又是年轻的；它是越王报仇雪耻的故地，又是新书报最早流布的地方。在它四周，毗连大小村落，具有明显的边缘色彩。

鲁迅的大家庭过早败落，对应于古老中国的命运，很有点同构的意味。由于祖父下狱事件的牵连，他曾经在乡下度过一段短暂的"乞食者"生活。祖父被判"监斩候"，由最高统治者于顷刻间的"钦点"决定一个人的生与死，这是荒谬的，但又是天经地义的。权力的这种不测之威，使他自小便为一种无法言说的焦虑、耻辱和仇恨所抓攫。父亲的长期卧病和后来的亡故，无疑加剧了他的精神创痛；而作为长男，又不得不从中担当沉重的责任。家庭的两次变故，把他无情地推落到社会底层；从小康而入困顿，终致自我放逐，远走异乡，"把灵魂卖给鬼子"。生活的巨大落差，构成了他日后反抗现存秩序的广阔而深刻的背景。

可以说，鲁迅来自传统中国的黑暗的深部，来自现代的源头，来自东西方文化冲突的第一波，来自从农业社会向工业社会，从专制政治向民主政治转型的粗糙的摩擦面。鲁迅及其时代的关系，就整个现代化进程来说，带有某种"原型"性质。由于改革的缓慢，在一个长时段内，前前后后会产生许多彼此类似甚至雷同的事件；也就是说，在无限张开的现实当中，将仍然不断遭逢以往的幽灵。这种"同义反复"的东西，是最本质的东西。鲁迅始终抓住这东西，对于这个前现代社会，则抓住其中的死结："吃人"。所谓"吃人"，即作为个人的从生存到发展的各种权利，全然遭到剥夺；用马克思对专制社会的概括，就是"轻视人，蔑视人，使人不成其为人"。然而，人们已经习惯于奴隶的非人的处境，麻木，苟且，逃避自由。对于现实，一是不敢正视，二是善于遗忘。鲁迅所做的斗争，不但在于揭露黑暗的事实，还要暴露各种企图掩饰黑暗的行为。可怕的是，这其间，除了官方的布置，还有"同人"的合谋，以及民众的参与。鲁迅天生敏感，激烈，不能容忍有害的事物。他极力使司空见惯的东西陌生化，使隐蔽的东西公开化，使稳定均衡的东西极端化和尖锐化，总之，他要使"黑暗的动物"现形，使"铁屋子"里的人们无法昏睡和假寐，使大家看见事实的实在性，使真理自明。鲁迅的全部努力，几乎都在于揭示时代的真相。所以，当我们重温鲁迅的文本时，就会诧异地发现：被揭露出来的一个又一个未曾改变——鲁迅倾其一生都在促进其改变——的事实，已然包含了一种猫头鹰式的洞见，犹如先知的预言。

我们是谁？人还是奴隶？我们是否具备自由的意志和权利？

鲁迅的存在，对于活着的人们来说，无疑是一种折磨。这不仅仅因为他揭露了为人们所不乐于接受的世界的真实，而且还在于他总是以一种与人们相悖的态度和方式对待这真实。无须斗争，或者简直厌恶斗争，应当算得上是幸福的吧？可惜事实上并非如此，无视斗争的存在，往往出于奴隶的自欺。鲁迅终其一生，确实不曾背弃青年时期构筑的"人国"乌托邦；但是在现实中，除了确信自己作为奴隶以至奴隶的奴隶的经验之外，他怀疑一切。他把几千年的"东方文明"等同于僵尸，不相信一直为统治者编修的中国历史，说是"家谱"，不相信正统意识形态控制下的霸权话语。那些故作激烈，"左"得可怕的革命者，也是他所憎恶的。他反对蒙昧主义，而对中国的学者又往往抱不信任的态度，大约在他看来，其中多是"假知识阶级"，是喜欢给权势者帮忙或帮闲的。对于底层阶级，虽然一直是精神皈依的对象，却同样反对"迎合"，作"大众的新帮闲"。他承认自己的"多疑"，而且为多疑作过辩护。然而，这丝毫无改于斗争的确定不移的目标。准确一点说，鲁迅的敌人，都不是迎面而来的，而是来自上层、背后、内部，来自周围，带有"围剿"性质。所以，鲁迅的斗争也就不是一般意义上的斗争，而是反叛，反抗，突围。他反叛社会，反叛所在的阶级，反叛集体，直至反叛自己。他清醒地意识到，中国的每一个人，既被吃也曾吃人；而他自己，也帮助着排筵宴，做"醉虾"的帮手。因此，他不断地使自己从权力和罪恶中分裂出来，脱离出来，成为相对于权力系统的密集网络的一个活跃的反抗点。

自从为革命的梦境所放逐，鲁迅选择了上海作为斗争的最后一道壕堑。从二十年代到三十年代，中国社会结构发生了重大的变化。"兄弟阋于墙"，国共两党联合破裂。中央集权制度经过长期松弛以后迅速收紧，年轻的民国在一次大清洗中蜕变成为"一党专政"的"党国"；随着民族战争的临近，专制与奴役在国家主权的庇护之下进一步合法化。作为反抗者，鲁迅加盟了反对政府的争取自由和人权的各种组织，其中包括左联。然而，就在这组织内部，产生了新的权势集团。鲁迅从中意外地遭遇了"奴隶总管","自有一伙"的压迫、孤立和打击。对此，他曾使用"横站"一词，表达后来面临的复杂而艰难的处境。正如自命不凡的才子所嘲笑的那样，这时，他写作的唯是不能进"艺术之宫"——自然也不能进"学术殿堂"——的杂文。仅从鲁迅最后十年的杂文所取的材料，形式和风格的演变来看，斗争的情势，显然要比北京、厦门和广州时期更为严峻而急迫。

这是一场绝望的抗战。那结果，鲁迅不但不曾丝毫动摇"党国"，反而成了党部呈请通缉之人；不但没有夺过"工头"的鞭子、"元帅"的军棍，这样的人物却照样挂帅，照样"以鸣鞭为唯一业绩"，他的几个较亲近的青年朋友，都是给"实际解决"了的。而且，还有不断纠缠他的文痞、文氓、文探，种子绵绵不绝。鲁迅一生傲然独立，却是遍体鳞伤，过早地耗尽了体内的全部燃料。斗争的无效性，不免使人们又多出另一种折磨，就是——

鲁迅的存在，其价值仅仅在于反抗本身吗？

(中国社会科学出版社 2003 年 4 月第 1 版)

《一个人的爱与死》自序

朋友告诉我，说有一位海上批评家说我是鲁迅的"凡是派"，问我意下为何？我回答说荣幸之至，只是愧不敢当。在中国，鲁迅是唯一使我确信的一位真正能为中国的进步和底层大众的命运着想的知识分子。不同于权势者，他没有指挥刀可供驱遣，所以教人向往者，全凭人格和思想的魅力。然而，以他的博大、崇高、深邃，实在难以追蹑，用一句古话来说，就是："高山仰止，景行行止。"所谓"止"，换言之，也就是虽欲"凡是"而不能。

举最简单的例子。鲁迅要"英俊出于中国"，甘愿做"人梯"，让别人踏着他的肩背攀登向上。他后来加入左联，就是乐于为激进的青年所利用，但从当时的私人通信看,他早已看清这班人"皆茄花色",却仍然"知其不可为而为之"。这份做牺牲的用心,坦白说我是没有的,相信那位自以为超拔的批评家也未必便有。

我读鲁迅始于中学时代,记得刚进学校,便买了一册《鲁迅小说集》。然而,在明净的玻璃窗下,最多只能在字面上浮游些时,至于深隐的意义,那是无由体察的。到了"文革",阅读才算是比较的有系统,虽然买不到全集,但所有的单行本都给我弄齐了。与其说这是书林中的一次邂逅,毋宁说是带有一定意向性的选择。不过,只有这时候,我才意外地发现,鲁迅的著作原来是一服强力止痛剂。

"文革"初期,我被打成"小邓拓""牛鬼蛇神",被揪斗了两天两夜,后来被红卫兵运动冲掉了。几年后,父亲先后两次被打成"现行反革命",有一年多的时间被关押在一个叫"三结合"的监房里。大姐为了同隔别多年的丈夫团聚,于是成为"偷渡犯",入狱不下数次。那时,"群众专政"是不管吃饭的,我便充当了一个送粮食的脚色,奔走于"大队"与"公社"之间。最荒诞的一次,是因为送粮食的时间晚了,把我也给关了起来,直到一周过后才被释放出来。每当政治运动届临,宣传队工作队进驻村子,不问而知,我家必定最先成为审视的对象。惊恐、焦虑、屈辱和苦痛笼罩了每一个日子。在这个世界上,有谁能给我慰藉?谁能给我以生存的勇气,教我走人生的长途?我庆幸自己能够阅读,因为在焚余的有限的书籍中,我得以重新认识那个叫鲁迅的人。

是人,不是神。人们谈"文革"是"现代造神运动",其实所造的乃是别的神祇,并非鲁迅。鲁迅永远是无权者的灵魂的保护人——这是我,从自身多年的生活和阅读经验中所感知的。鲁迅从困顿中来,深知底层的不幸;他经历过各式革命:辛亥革命、二次革命、国民革命、共产革命(除了出版物,主要通过左联及留苏朋友的关系),对革命和革命者有深刻的观察;他一直经受黑暗的压迫,从国家这头怪兽到出没无常的鬼蜮,都曾一一见识过,交战过。他站在壕堑里,但有时也走出来,露出笔直的颈项、骨头和血肉,抵抗背腹两面的夹击。然而,即使在搏战最激烈的时候,他仍然不忘以宽大的布衣护卫弱小的一群。他说过,他本人更偏于"姑息"的一面。然而,社会不容他姑息,他唯一可选择的只有抗争。

"文革"进入后期,气候不但不见晴朗,反而愈加恶劣。在乡村寂静的夜晚,在昏暗的煤油灯下,我一共写下十余篇论文:《鲁迅论秦始皇》《鲁迅与瞿秋白》《鲁迅论〈水浒〉》《鲁迅论写真实》……这些文字,都是为当时的时代语境所激发的，而且都同鲁迅有关。除了《鲁迅论〈水浒〉》一篇在多年以后拿出发表外，其余没有发表，写作时根本就没有想到要发表，相反极其害怕被发现。稿纸写满后，便小心地一页一页投放到木匠朋友为我的桌子特制的活动夹层里。我不是一个勇敢的人。鲁迅当年说他是戴枷锁跳舞，我却是在枷锁中静静地待着，想象当众跳舞的幸福。记得巴金曾经说他在"文革"中翻译赫尔岑的《往事与随想》，每译到那些诅咒沙皇暴政的话，就有一种复仇般的快意。我很能体会这种心情。

二十世纪八十年代初，我被借调到目下所在的单位做编辑工作。两年后，"清除精神污染"不期而至。我再次成为批判的对象，好在罪名不大，"提倡'现代派'"而已。而今，后现代主义大行其道；想想二十年前的那场吵闹，真是如同儿戏，谁能说我们的历史没有进步呢？可纪念的是，因为有了这场批判，也就有了《人间鲁迅》的写作。凭经验，无论日子如何艰窘，只要有鲁迅出现其中，我就近乎神迹般地有了坚持的确信。传记完成后，除了《鲁迅全集》和有数的几本论著，我把所有关于鲁迅研究的资料都赠给博物馆的一位朋友了，心里想，从此写点别样的东西罢。然而，事实上，我还是断续地写了不少有关鲁迅的文字，除了专论，其他评论文字也都时时提到他，夹带着他的话语。这时我发现，我已经无法绕开他了。

　　承蒙出版社的盛意，让我编辑了这样一个集子。比起别的中国人来，我的道路不能算坎坷，自然也不算太平坦，但是有一个较为特殊的情况是，鲁迅介入了我的生活。对我个人来说，多出一个鲁迅或是少了一个鲁迅是大不一样的。作为一种阅读经验，的确是纯个人的，无法复制，也无法置换。我无须劝诱他人阅读鲁迅，但是，当鲁迅遭到不无恶意的歪曲，甚或诬陷时，我却做不到如鲁迅说的"最高的蔑视"，不能保持沉默而不予以反击，自觉这是对于师长者的应有的道德。集子中有几篇论辩式的文字，即缘出于此。至于其他散论，谈不上什么高见，仅余私下的一点感念之情而已。

（东方出版中心 2006 年 1 月第 1 版）

《无声的中国》编者序

1927年1月,鲁迅南下广州。次月,他应邀到香港做了两次演讲:头一次名为《无声的中国》,再一次叫《老调子已经唱完》,都跟声音有关。

数年前,我为花城出版社编了一种鲁迅的散文随笔集,为方便计,就以《无声的中国》命名。书的销量尚好,编辑告诉我,拟于近期重印。我便借此机会,做了较大的修订:一是把小说和别的文类收进来,二是内容多少跟声音有关。

鲁迅(1881—1936),原名周树人,浙江绍兴人。青年时留学日本,弃医从文;归国后,在教育部工作,并在高校兼任教职。此间加入《新青年》团体,创作白话文学,提倡"思想革命"。后离京,南下厦门,再至广州。恰逢国民党"清党",他谓之"血的游戏",愤而辞职。最后定居于上海"半租界",即所谓"且介亭",直至病逝。

由清代而入民国,鲁迅一直把自己视为"奴隶"。他说:"我觉得革命以前,我是做奴隶;革命以后不多久,就受了奴隶的骗,变成他们的奴隶了。"去世前,说到左联内部,他仍然以"奴隶"自况。

何谓奴隶?鲁迅的定义有两个参照:一是主人、专制者、"奴隶总管",奴隶是在他们的屠刀和皮鞭之下的被压迫者,他文中也称"悲愤者和劳作者"。另一个参照是奴才,论身份,一样带有依附性,但"劳作较少,并且失去了悲愤"。奴才从奴隶生活中寻出"美"来,赞叹,抚摩,陶醉,要使自己和别人安住于这生活;而奴隶不同,永远打熬着,不平着且挣扎着,力疾摆脱套在身上的镣铐。

早在留日时候,青年鲁迅便寻找并引进域外的"新声","使中国之人,由旧梦而入于新梦,冲决嚣叫,状犹狂酲"。在《摩罗诗力说》一文末尾,他发问道:"今索之中国,为精神界之战士者安在?有作至诚之声,致吾人于善美刚健者乎?有作温煦之声,援吾人出于荒寒者乎!"然而,他听不到有"先觉之声""破中国人之萧条",唯有一片沉寂。

辛亥革命的风雨过后,中华民国为北洋军阀所劫夺,北京陷入一段相当长的黑暗时期。其时,他读佛经,抄古碑,暗暗地消磨生命。《新青年》的编辑朋友前来动员他做文章,有如下著名的对话:

"假如一间铁屋子,是绝无窗户而万难破毁的,里面有许多熟睡的人们,不久都要闷死了,然而是从昏睡入死灭,并不感到就死的悲哀。现在你大嚷起来,惊起了较为清醒的几个人,使这不幸的少数者来受无可挽救的临终的苦楚,你倒以为对得起他们么?"

"然而几个人既然起来,你不能说决没有毁坏这铁屋的希望。"

这是启蒙者的声音。

五四过后,启蒙运动退潮,学生爱国运动及工农运动随之高涨。鲁迅在学潮的起落间度过了几年,至"三一八"惨案时,他由空洞的"救救孩子"的"呐喊"到直接为受压迫、受驱逐、受虐杀的学生代言,不惮于反抗政府,与知识界的"正人君子"者之流展开私人论战。他誓言不进"艺术之宫",这样描述他单身鏖战的境况:"站在沙漠上,看看飞沙走石,乐则大笑,悲则大叫,愤则大骂",哪怕"被沙砾打得遍身粗糙,头破血流",却能从中享受复仇的快意。

北京政治环境恶劣,鲁迅于1927年1月来到"革命策源地"广州,任教于中山大学。不出半年,遭国民党"清党",遂"为梦境所放逐",年底定居上海。此间,一方面他说被杀戮"吓得目瞪口呆",另一方面却不曾间断抗议的声音。此时,他的心又为"血腥的歌声"所充满,正如他所宣称的:

> 但我坦然,欣然。我将大笑,我将歌唱。(《野草·题辞》)

在上海的最后十年,鲁迅曾经加入过一些团体,如"中国自由运动大同盟""中国左翼作家联盟""中国民权保障同盟"等。但是,实际上,他一直坚持独战。这时,国民党实行"一党专政",对于言论出版的审查控制日益严酷。鲁迅不得不使用多个笔名,在专制独裁政体下开始"隐微写作",创造了一种如他所说的"吞吞吐吐""曲曲折折"的反抗的奴隶风格。对于一个知识分子作家来说,失去自由言说的权利是十分痛苦的;鲁迅却认为,这正是广大被奴役的人们所承受的命运。他控诉说:

人民在欺骗和压制之下，失了力量，哑了声音，至多也不过有几句民谣。"天下有道，则庶人不议。"就是秦始皇隋炀帝，他会自承无道么？百姓也就只好永远箝口结舌，相率被杀，被奴。这情形一直继续下来，谁也忘记了开口，但也许不能开口。（《田军作〈八月的乡村〉序》）

二十世纪三十年代以后，鲁迅的处境愈来愈坏，甚至在左联内部也受到压迫，致使他不得不"横站"着作战。1933年以后，他信中常常出现"寂寞""苦痛""焦烦""寒心而且灰心"一类字眼，那是搏噬之后，躲进深林里舔自己的伤口的野兽的声音。

对于大时代的变动，他曾经这样述说他倾听的经验：

我们听到呻吟，叹息，哭泣，哀求，无须吃惊。见了酷烈的沉默，就应该留心了；见有什么像毒蛇似的在尸林中蜿蜒，怨鬼似的在黑暗中奔驰，就更应该留心了：这在豫告"真的愤怒"将要到来。

在他那里，沉默也是一种声音。

反抗黑暗的人决心与黑暗同在,这就是鲁迅说的"爱夜"。他说:"爱夜的人要有听夜的耳朵和看夜的眼睛,自在暗中,看一切暗。"他是有听夜的耳朵的。在旧体诗里,就随时记他所听见或听不见的声音:"几家春袅袅,万籁静愔愔""鼓完瑶瑟人不闻,太平成象盈秋门""瑶瑟凝尘清怨绝,可怜无女耀高丘""须臾响急冰弦绝,但见奔星劲有声""竦听荒鸡偏阒寂,起看星斗正阑干",等等。他听于无声,有一首诗,末尾说:"心事浩茫连广宇,于无声处听惊雷。"他还有一个流传更广的警句,至今网上仍经常被引用:

不在沉默中爆发,就在沉默中灭亡!

鲁迅是善于倾听的。他不但倾听大地,倾听人民,也倾听自己。《过客》中有一个"前面的声音",那是一个催促、叫唤,使之息不下的声音。它既是时代的声音,也是内心的声音。

这两种声音在他的著作中贯通在一起。

鲁迅的声音是丰富的,他所倾听的声音也是丰富的。这里把富于声音的文字汇集到一起,使阅读时,视觉之外,加强听觉的作用。我们可以循声寻找鲁迅,寻找鲁迅的经验,他在一个黑暗的时代里的所见,所闻,包括那众多驳杂、幽微到几乎无法识辨的声与影。

是为序。

2020 年 12 月 1 日

(花城出版社 2022 年 1 月第 1 版)

《鲁迅研究五十年》序

一天,北京来电话,是一个女性的陌生的声音。电话里称说是出版社的编辑,正在制作王得后先生编选的一部关于鲁迅的书,王先生托请她让我作序,特意征求我的意见。我听说是王先生的事,话没听清楚,便随即应承下来。待书稿到得案头,才赫然看见"研究"二字。研究从来是学术圣殿中的事,我非学术中人,可有此置喙的资格?

我确乎很早便读鲁迅,"文革"时有好几年简直离不开他的书,因为唯有他的存在,才使我在艰难的岁月里获得生存的勇气。出于亲近的欲望,陆续读了一批回忆录,也读了有数的几部研究著作,如《鲁迅事迹考》《〈两地书〉研究》等。等到《人间鲁迅》的写作完成之后，阅读这方面的机会便大为减少，几近中断了。

接触中，得知鲁迅研究集中于两部分人：一是政治家，再就是学者。关于政治家，鲁迅早就做过演讲：《文艺与政治的歧途》；而学者，在他那里好像一直不怎么讨喜，而他又好像特别敏感于别人的评论，因此不可能不生警惕。直到临终，他谈到为他所敬重的老师章太炎时，也都特别关注那身衣的"学术的华衮"。

王先生编选的《鲁迅研究五十年》，让我重返这方面的阅读，填补了因为多年怠惰而留下的鲁迅研究史知识的空缺。这是我至今见到的选材最谨严的一部鲁迅研究论文集。涉及范围广，包括哲学思想研究，作品研究，文献研究等。时间跨度也大，涵盖新中国两个时期："以阶级斗争为纲"的时期和以经济改革为主的时期；两个时期中间既有断裂，又互相衔接。作者有如上述，既有文艺官员，也有学者，而学者更众。他们的研究，随着时势的推移，形成相对的两个世代。但是，无论如何新老交替，同处于一个体制的框架之内是没有问题的。

选文按时序编排，头三十年约占全书的三分之一。全书以李何林开篇，内容是对毛泽东评价鲁迅的三个"家"——"文学家、思想家、革命家"——的阐释，

"代圣人立言"。茅盾的文章为纪念鲁迅逝世二十周年而作,使用报告的语言宣讲鲁迅,思路还是分前后期,肯定后期而否定前期。文章指出,鲁迅强调"国民性"的痼疾是"偏颇"的,对历史上人民的作用估计太低,忽视中国人民品性上的优点。其实,"国民性"的内涵是很丰富的,这种指摘何止于偏颇而已。其余几篇,除了王瑶梳理鲁迅作品与中国古典文学的历史联系之外,都是具体的作品研究。陈涌论《呐喊》《彷徨》的现实意义,工具是认识论的反映论,用的是文艺社会学的传统方法。从民主主义到共产主义,他和茅盾在文章中同时使用了从瞿秋白的《〈鲁迅杂感选集〉序言》那里抽绎出来的公式,颇有教条主义和机械论的味道。冯雪峰论《野草》,将《野草》分为三类:健康的、积极的、战斗的抒情部分,讽刺部分,空虚和灰暗的部分,说这三个部分构成为鲁迅思想上的矛盾,及其自我的思想斗争。他指出,矛盾的根源和本质,就在于"资产阶级的个人主义思想"。自延安整风以后,反对个人主义便成了在知识分子中开展政治思想斗争,也即"思想改造"的纲领。在二十世纪五十年代中期,恰值反右斗争前夕,冯雪峰借用"个人主义"的概念描述鲁迅前期思想和创作的"局限性",回过头看,实在很有点讽刺喜剧的色彩。唐弢论鲁迅杂文艺术,说逻辑思维、形象思维，都没有什么新意。他说鲁迅杂文在题材、形式、语言方面所以能够驰骋自如，就因为鲁迅接受了"马克思主义思想武装"的缘故，同样是流行的说法。何其芳《论阿Q》一文，批评相关评论将"阶级和阶级性"简单化，应当说是有见地的；然而，由于其方法仍旧是单一的阶级分析，最终一例滑落简单化的泥沼之中。

书中选入《人民日报》两篇社论，分别置于前后两个时期的首要位置，此举极有创意。在特殊的政治形态和学术语境中，引入官方的权威话语很有必要，因为它足以制造和引领一时风气，所以葛兰西称为"霸权话语"。它具有指标性的意义，一旦众声喧哗，则已是另一番风景了。

三十年的鲁迅研究，并非乏善可陈，毕竟有所拓展；若说取得较大收获，当在八十年代以后。此时，坚冰打破，冻雷乍醒，虽然有过两次反对资产阶级"自由化"运动，而学术界同文艺界一样，依然保持活跃。国外现代思潮的涌入，各种哲学社会科学著作的引进，无疑地为鲁迅研究提供了许多新的思想资源。

写成于1967年而校定于1981年的耿庸的文章，以书简的形式谈"鲁迅思想"，机智地打破了那种将它割裂为前期与后期、进化论与阶级论、民主主义与共产主义的做法。这种做法的症结，在于无视鲁迅思想的本质性和一致性。在作者看来，鲁迅从来不曾否弃达尔文进化论，即使在前期，也并非那类庸俗进化主义者，或社会达尔文主义者；当鲁迅运用进化论的某些概念于社会斗争时，却是反其意而用之的。他强调说，从一开始，鲁迅便已明确地分清自然的和社会的、物质的与精神的界限了。这是一个有着苦痛的人生经验的思想者的结论。文章的校改和发表，正当短暂的"思想解放运动"期间，作者想必受到当时的精神气候的鼓舞。

在同一时间里，王先生突出地把"立人"作为鲁迅思想的核心问题提了出来，并加以系统的论述。在《致力于改造中国人及其社会的伟大思想家》一文中，他指出："根柢在人"，"立人而凡事举"，这是一个总纲。所谓"立人"，一、立个人，由个人的觉醒导致"群之大觉"。二、人是目的，不是手段，"尊个性而张精神"乃是"道术"，最后将建立"人国"。三、重视人的人生实践和社会实践。文章表明，"立人"的思想贯彻于鲁迅一生的始终，这就打破了过去囿于前期的阈限。在长期接受集体主义规训的语境里，强调人的个人性、目的性和实践性，是有着强烈的现实意义的。

王富仁的《中国反封建思想革命的一面镜子》是一篇有影响的论文。同陈涌的文章一样，都是论述鲁迅的《呐喊》《彷徨》，而且都是"镜子"。不同的是，陈涌所论偏重政治和革命，王富仁则把政治革命容纳到思想革命之中，深入发掘小说的思想意义。在鲁迅作品研究上面，这是一个有力的推进。

过去的鲁迅研究，很少涉及思想之外的内心世界。王晓明的《现代中国最苦痛的灵魂》，探讨的是鲁迅的心态史，而且着重于阴暗的部分，这是需要特别的眼光的。鲁迅何以执着于国民的精神病态？文章从内部寻找原因，认为根源在于他本人的"幽暗"，长期造成的对黑暗的敏感。王晓明把一个人的思想人格的独立性和孤独感联通起来，从心理学的角度，阐释鲁迅作为一种哲学、一种状态的"绝望的抗战"。

对鲁迅小说的理解，汪晖撇开过去的"镜子"理论，寻找到了另一面精神史的内视镜。在这里，除了心态、情感，还多出一个观念的、哲学的层次。他从《鲁迅全集》中挑选"中间物"作为关键词，执简驭繁，用以概括鲁迅小说的精神特征。"中间物"，隐含着事物的存在和转化的必然性。面对旧时代的亡逝，新时代的到来，作为改革者和战斗者，意欲反叛传统而又无法挣脱旧物的纠缠，决心作韧性的反抗而又深知生命的有限性，对于"此在"的感知与认识，不可避免地带来使命感与现实感的撕扯，悲剧性由此而生,形成小说的情绪底色或基调:"一种湍急的、深沉的诗意的潜流"。

对鲁迅而言,"中间物"最终表达为一种自我牺牲。但是,文章接着把鲁迅对"中间物"所作的这种自我规定,外溢至小说中的知识者,甚至历史人物如屈原、司马迁等人的身上,认为具备同一的精神特征。这里未免过度阐释,有一种理论泛化的倾向。

如果不是结束"文革"而开创第二个"新的时期","无产阶级专政下的继续革命"仍将继续,那么,支克坚的"阿Q论"将不可能产生。在《关于阿Q的"革命"问题》一文中,他认为,鲁迅是整个地否定阿Q的"革命"和阿Q式的"革命党"的。他重点剖析了阿Q的"精神胜利法",指出对压迫者、奴役者的向往和倾慕,是阿Q思想性格方面最根本的特点,也即是"精神胜利法"的实质所在。究其原因,乃是小农业生产、封建宗法制度造成的闭塞性所致。鲁迅在小说中,突出地表现了反映在阿Q身上的小生产者的局限性,而不是革命性。他认为,改造"国民性",仍然是解读《阿Q正传》的钥匙。同样的命运是,如果时间还停留在"文革"后期,周围一片"批孔反儒"的声浪,高远东对于《故事新编》中的《采薇》和《出关》,也将不会就鲁迅的有关儒家思想的看法做目下一般的解读。

后二十年的鲁迅研究,确实有不少突破性的发现,但毕竟是从前三十年衍生而来。前三十年乃至更早的思想意识,不能不对后二十年产生影响,正如导论所说:"习惯是可怕的力量。"

这里拿最出色的两篇论文为例,其中就重复使用了前三十年惯用的学术话语。就说王先生的论"立人"。他说鲁迅后期掌握了"辩证唯物主义和历史唯物主义",把"立人"思想建立在马克思主义理论基础上,成为"一位杰出的马克思主义思想家",似乎非此不足以言"发展"。其实这种说法,对鲁迅思想的独立性和独特性来说是有损害的。诚然,鲁迅阅读过马克思主义的著作,但是作为一种社会学说,只能说它丰富了鲁迅的思想,却不能涵盖或改变鲁迅的思想。王富仁的"镜子"一篇,末尾同样不忘指出鲁迅缺乏历史唯物主义观点,不能考察人们的历史活动的动机和原因,没有摸到社会关系体系发展的规律性,没有看出物质发展程度是这种关系的根源等,甚至指鲁迅小说"没有表现出中国无产阶级的革命领导作用",而所有这些,照样被归纳为所谓的"局限性"。对于一个人的变化,过分夸大甚至神化某种外在力量的作用,无论是物质的还是精神的,往往是不切实际的。

这里可能关涉到一个学术环境问题。具体的语境，要求论者的言说，在政治上绝对"正确"，合乎安全规范。几十年一贯制，人文科学领域同样存在一个"路径依赖"的法则。因此，鲁迅研究的正常发展，仍然有待环境的进一步净化。首先去除"圣化"现象，无论来自意识形态，还是经院哲学；改变侍从主义状态，而后恢复自我作为鲁迅"相关者"的独立身份。这就是"立人"。个人性和独立性，恒在地，是社会人文科学实践中的首要问题。

《鲁迅研究五十年》是一本论文集，其中收入一篇书简，一篇短评，不拘泥于语言形式，这是一种开放的态度。在这里，一贯重视学术的钱理群以不那么学术的文本形象现身，倒有几分鲁迅式的丰采。文章热烈赞美鲁迅无羁的自由感，为"极端""偏激""片面"辩护，肯定鲁迅的怀疑主义的否定性思维：怀疑、挑战、审问、判决，"于一切眼中看见无所有"。其实，这正是视中庸主义为死敌的战士的思维。一、鲁迅是战士，而且敢于单兵鏖战。鲁迅不同于一般作家、学者或其他的什么"家"，在鲁迅这里，"家"只能成为战士的前缀。若要说"回到鲁迅"，就是回到战士这里；惟其如此，才能使成为研究对象的鲁迅不至化作"活化石"。二、从鲁迅研究者一面来说，是否需要具备一点"鲁迅精神"？倘使研究者是那种自命的客观主义者或中庸主义者，憎厌斗争，鄙弃批判，其研究结果有可能符合鲁迅原貌吗？这是一个问题。

还有一个研究的语言载体问题。对于鲁迅这样的小说家和杂感家来说，研究的书写方式就不应仅限于论文。记得美国政治学者阿伦特说过，最宜于表达思想的文体就是随笔。尼采、德勒兹、齐奥朗用断片式随笔写哲学；阿伦特，包括薇依、本雅明他们的研究，都曾用随笔书写。刚刚去世的、我所尊敬的美国人文社科学者、《弱者的武器》作者詹姆斯·C. 斯科特就是一位现代学术写作规范的"离经叛道者"。他忠告说：社会科学学者可千万别以为自己的学科能完全适合某个你在研究的问题，这种局限无助于我们的思考。他认为，有必要把视野放宽至历史、文学、民间通俗文化，包括书写方式。

把文章写完，才发觉我在一列整齐光洁的"皮鞋脚"跟前伸出去一只"草鞋脚"。如果王先生不以为不协调的话，那么就当作序文罢。

2024 年 7 月 30 日，子夜

（中国社会科学出版社 2025 年 1 月第 1 版）

《盗火者》编后记

人类的英雄崇拜大约起源于神祇膜拜,经过黑暗的中世纪,文艺复兴运动把人从神的领地中解放出来,随后的启蒙运动,又赋予了平凡的人以英雄主义的气质,英雄人物就在这中间产生。近代英雄不同于古代英雄,是因为他们不但具有无私、忠诚、勇敢等优异的品质,而且是现代价值观念如自由、平等、正义的体现者。他们不是依靠原始观念和本能行事,他们的事业建立在理性之上,而又闪耀着人性的光辉。所以,现代英雄可以是卡莱尔式的伟人,也可以是没有特殊身份的平凡的人:战士、医生、工人,他们不一定是孔武有力者,更多的可能是真理的探索者和传播者,共同信念的践行者。堪称英雄的人物自觉负有一种使命，一种责任；他们坚守自己一如守卫众人，为了众人，必要时可以放弃个人的一切。

现代英雄观的确立，是人类文明的一个进步。

三十年前，舆论界开始出现一种非英雄化的倾向。当个人崇拜的时代余炎未退时，打出"躲避崇高"一类旗子，或者不无积极的意义；但是，它又完全有可能成为犬儒主义、流氓主义、虚无主义的掩体，构成对公共价值的消解，乃至个人信仰的摒弃。即使个人主义者，也并非必然地否定伟大、崇高的事物的。

对于那些敢于反抗权势，为了大众的事业而呐喊奋斗，甘愿坐牢、流亡、牺牲自己的人，我由来充满敬意。作为一个怯弱者，在默默求生的道路上，便不时地感受到来自他们的精神援助，慰藉和鼓舞。多年以来，我怀着感激，断续记下他们留给我的影像。我视这些曾经影响过我的人物为英雄。

当我把这些人物素描凑成一个集子时，突然想起俄国作家柯罗连科的一篇著名短文《火光》，想起其中描写的那条为悬崖的阴影所笼罩的河流，和那一星灯火："驱散黑暗，闪闪发光，近在眼前，令人神往……"

鲁迅很早就介绍过柯罗连科这个启蒙思想者，还曾把青年时起便决意为之献身的文艺比作"国民精神的灯火"。

在黑暗的夜里，我想再没有什么比火光更激动人心的了；而这，便成了集子名目的来由。

2014 年 5 月 1 日

（复旦大学出版社 2014 年 9 月第 1 版）

园 田

《人文经典》序言

车尔尼雪夫斯基的《怎么办》是一部青春激荡的书。我记得其中的革命者拉赫美托夫说过一个关于阅读的意见,那意思是:读书要读最早的书,上游的书,原创性的书。其实就是指"经典"。他认为,其他大量的书都是出于对这些书的阐释。阅读《怎么办》时,我还是一个对世界充满新奇感、雄心勃勃的中学生,拉赫美托夫的意见自然很受用,于是贪婪地寻找、大口大口地吞咽经典文本,至今许多仍然未能消化。

经典过于丰富了,因此往往显得深奥难解。大约正是为此,幽默家马克·吐温这样定义经典,说那是"人人都希望读过,但人人又都不愿去读的东西"。

不过，回过头看，在所有读过的书籍中，毕竟要数经典给予自己的教益为大。这是一些需要慢慢咀嚼、慢慢吸收的书。正如卡尔维诺说的，经典就是永远独特、意想不到的和新颖的书，永不会耗尽它要向读者说的一切东西的书。他在一篇题作《为什么读经典》的文章里，给经典列举了十四条定义，反复用"重读"和"初读"的经验做出说明，说经典作品是一本每次重读都像初读时那样给我们带来发现的书，是一本即使初读也好像在重温的书。他还这样写道：经典作品带着先前解释的气息走向我们，背后拖着它们经过的文化时留下的足迹。就是说，经典富于历史文化的内涵，其价值超出了文本本身。无疑，经典会唤起我们对过去的感受力，成为一种知识背景，带领我们上升到一个认识和创造的高度，从而确立自己。

大凡具有一定的阅读经验，我想，都会对卡尔维诺的定义表示认同。

前些年，出版界曾经有过一阵出版经典选本的小小热潮。选本多按不同学科进行，综合性的少见。而今，我编选的这套文丛，试图打破学科的壁垒，而以一种"人文精神"贯通之。选目则以欧美为主，其实是沿袭"西风东渐"时启蒙主义者的老路子，而加入一些新的文本材料，以见时代的播迁。

文丛共六种，学科以文、史、哲、政为主。其中三种为文献、理论、批评和记述；另三种为文学，纯属虚构类型。注重"人文"，就要求入选的作品，关注人类生存的现实境遇，而以社会的根本改造为依归。这些作品是真实的，也是真理的；它们符合善的原则，因为其中表达了人类对于自由、公平、正义的普遍的要求；而且方式和形式是充分个人化的，所以是美的。

《思想踪迹》一种，选入十六世纪以来41位哲学家、政治家、经济学家、宗教家、人文学者、作家和科学家的思想作品。本书约略可见思想史的脉络，但无意做成史料汇编，所以不曾编入那类纯知识主义、形而上学的文字，论述抽象体系和绝对理念的文字，像逻辑分析哲学就不曾入选；反之选择像作家卡森的关于环境问题的论辩，美国科学家关于"熵"的定律的阐释等，目的在于凸显思想的批判性和实践性。思想家流派不同，观点各异，如理性主义者和经验主义者，正义论者与自由论者，彼此常有冲突的地方，但人文的倾向是同一的。思想家的思想，本身就是一个矛盾统一体，这里唯是选其一点而不及其余。作为编者，与其说追求"客观""全面"，毋宁说执着于某种片面性，这都无须讳言。

作为历史学的一种资料,《历史镜像》有点特别,作者都是历史现场的见证者,而非单纯的叙述者。范围是二十世纪的人类世界,取材则是重大的社会运动和政治事件。这里的所谓"经典",实指案例的经典性。中国本来很有些独具特色的案例,如"文化大革命"等,遗憾的是至今少有记录平实的公开文字。本书除收入韦君宜忆述延安"抢救运动"一文外,其他案例,暂付阙如。中国人的思想和文章,大约是需要慢慢锻炼的罢。

《广场钟声》主要收入演说词。在西方,演说始自希腊罗马,可谓源远流长。柏拉图说演说术是"灵魂的接引者",演说的内容直接诉诸公众的灵魂,论影响,是并不亚于政治小册子的。自然,演说的条件首先得有公共空间;倘若社会上并不存在自由表达政见的空间,甚至连私人空间也被占有,如《1984》所描述,那么任何富含思想的演说都将归于泯灭。演说之外,收入三篇人权宣言,都是影响深远的。

在人文主义传统中,文学的作用是独特的,无可替代的。不同于逻辑语言的演绎,它以想象性、形象性和情感性深入读者的内心,而不仅仅诉诸头脑。通过共鸣,作者与读者的主体性产生置换,读者因感受而唤起自身的精神诉求;在这里,所有的历史问题和社会问题都化作生活问题，亲近、深入而无处不在。真正的文学，无论小说、散文或是诗歌，都要求作者首先具有诚实的品格，有着正视现实的勇气。更大的勇气来自一种自由感和道义感，由此产生的文学是揭示性和干预性的，即使作者无意于宣传，一如论文和演说，读者仍然可以从中获得改造社会的积极的力量。目下所编的三种选本：《社会小说》《文化随笔》《自由诗篇》，就是这样的文学作品。它们与国家主义、虚无主义以及各种形式主义是无缘的。

对于西方思想及文学的介绍，我国翻译家和出版家做了大量有益的、基础性的工作，无论作为读者还是编者，我都受益匪浅。除了文本的利用之外，本书对作者和作品的说明，参考了不少译者撰述的文字。编期仓促，尚有部分译者联系不上，在此，谨向诸位表示由衷的歉意和感谢。

2011年10月，灯下
（花城出版社2012年8月第1版）

《五四新文学正典》前言

中国文学实际上是被裁为两截的：前半截是古典文学，后半截是现代文学。中间地带称"近代文学"，起自晚清，终至五四，是一个很短暂的过渡阶段。五四是一个历史性标志，五四时期的文学是所谓"新文学"，也即现代文学的发轫期。

我们称现代文学为新文学，有三个要素，就是新主体，新观念，新语言。从五四开始，产生了现代知识分子群体。对于文学来说，作者被称为"作家"，有别于传统的"文人"，就在于他们不复汲汲于科举，不复依附于官僚集团；他们或者到"洋学堂"里讨生活，或者办报刊，做自由撰稿人，总之第一次拥有属于自己的独立的生活空间。他们的观念是西方的、现代的、反传统的,社会观念如此,道德观念如此,文学观念也如此。文学语言也是新的、白话的、欧化的,他们搬用了许多西方的用语、句式,创造了许多新词。

新文学运动,当时也称白话文运动,是新文化运动的一个重要组成部分。胡适把新文学运动称为"中国文艺复兴运动",大约在他看来,中国实际上存在着一个与"古典文学"并行不悖的"白话文学"传统,而五四新文学正是对这一传统的合理继承,"修残补阙","发扬光大"。胡适的观点可谓"内因论"。鲁迅的看法不同,他认为中国新文学的产生,是源于"外铄",即是在西方现代思潮冲击下,传统文化断裂的产物。这是"外因论"。与此相对应,鲁迅及周作人曾合译《域外小说集》,胡适则撰有《白话文学史》,实在是绝妙的一副对子。

1915年,从日本留学归国的陈独秀创办了《青年杂志》,次年9月改名《新青年》。这份激进的杂志高举民主和科学的大旗,一面提倡思想革命,一面发起白话文运动,提倡文学革命。这是一部战车的两个轮子,共同承载着时代的使命,突破保守主义、复古主义的包围而冲锋在前。随后,《每周评论》和《新潮》相继创刊,初步形成集体作战的局面。五四运动发生后,青年知识分子及学生团体纷纷成立,同时办起了约四百种白话报刊。从此,新思想和新文学便呈星火燎原之势,在全国迅速蔓延开来。

1917年1月号《新青年》杂志发表胡适的《改良文学刍议》,提出"八项主张";陈独秀接着发表《文学革命论》,进一步提出"三大主义",正式拉开现代文学的序幕。这两篇鼓吹文学革命的文章虽然激烈地反对古典文学、贵族文学,提倡通俗平易的"写实文学",却都是用文言文写的,有点"二元主义"的味道。直到次年,再由《新青年》发表胡适的长文《建设的文学革命论》,才用白话文,把"口语的文学,文学的口语"这个纲领性口号写到文学革命的大旗上。而这时,新文学第一批婴儿也开始呱呱坠地了。

1918年1月号《新青年》开始发表新诗,4月号全部采用白话,成为全国第一个白话文学杂志。1920年1月起前后三年,全国小学教科书全部改为白话文,随后,全国报刊也相继改为白话文,有力地推动了新文学的创造与传播。

据沈雁冰(茅盾)统计,这时,新文学团体达一百多个,1923年文学刊物多达五十三种。小型出版社纷纷出土,新文学作品在广大青年中流行起来。整个二十世纪二十年代上半段,随着青年运动的兴起,工农运动日渐高涨，思想革命和社会革命逐渐为政治革命所取代。1927年4月，国民党发动"清党"，次年完成北伐，随之成立南京国民政府。这时，北京改为北平，作家大批南迁，上海迅速崛起成为新文学的中心。

关于现代文学的分期问题，似乎远比古代文学简单，权宜的分法是四个段落：第一个十年，即从1917年倡导"文学革命"开始至1927年，是新文学的初生期；第二个十年，从1927年至1937年，是新文学的繁荣期；1937年至1945年，在历史上是一个完整的时期，即抗战时期；1945年至1949年可以算是零落期。四十年代的延安文学，是现代文学大厦中的一个独立的廊庑，直接连通1949年之后的共和国文学。所谓"五四文学"，一般而言，指的是五四前后几年的文学。在这里，可以把时限延长至1927年，甚至于"党国"成立之日，大体上相当于新文学发生的头十年，也即与赵家璧编辑的第一套《中国新文学大系》的起讫时间相叠合。

"五四文学"不是一个严格的科学的定义，但是，它的确立符合如下的准则，就是与五四的时代精神相协调。五四是一个什么样的时代呢？是中国几千年来前所未有的一个思想解放、价值重估的时代。那时，王纲解纽，政府成了弱势政府,人们尚可在乱世中享有政治自由,包括结社自由、言论和出版自由。这时,孔孟之道和封建礼教已在打倒之列,同王权制度一样,完全失去了存在的合理性和正当性。个人主义、无政府主义、人道主义、社会主义,各种思潮汹涌而至,广大青年有了大胆怀疑、自由选择和行动的机会。自由恋爱、背叛家庭、挑战社会,一时蔚成风气。整个社会有一种大破大立、由旧入新的蓬勃生气,令人想起尼采的题目:"朝霞"。"少年中国",成了新的乌托邦。

五四时代很有特点,进入二十年代,个性解放、狂飙突进的精神风尚虽然日渐式微,然而直到后期,无论政治、思想还是文化方面,仍然保持着一个自由多元的基本格局。只有当国民党在形式上统一中国之后,情势才起了根本性的变化。

由于五四文学是从语言文字完全脱节的旧文学中产生的文学,因此是尝试的、创造的、充满自由张力的、带启蒙性的文学。这时的作品,第一次用新的语言样态表达新的思想观念,形成一系列新的主题。第一批理论家提倡"人的文学""平民的文学""血和泪的文学";他们主张"必须和时代的呼号相应答",反对"以文艺为伦理的工具",反对"文以载道",自然也有鼓吹"为艺术而艺术"

的。后来有所谓"革命文学""三民主义文学""民族主义文学"等不同的意识形态的产物,它们明显地背离了五四精神,致使五四文学在党派化、集团化、统一化中走向终结。

1921年以后,文学社团蜂起,重要的有文学研究会、创造社、新月社、语丝社等。继《新青年》《新潮》之后,有名的文学刊物有《小说月报》《创造季刊》《新月》《语丝》。代表性的作家有鲁迅、周作人、叶圣陶、冰心、许地山、朱自清、郭沫若、郁达夫、蒋光慈、徐志摩、庐隐、丁玲等。

在众多的文类中,新诗出现最早,作者颇不少,胡适、鲁迅、周作人都有过热心的尝试,他们在题材、语言形式和风格方面作过多方面的探索,成就最大的当数郭沫若和徐志摩,倘若同旧文学做比较,新诗有更多的革命性变化。开始时比较拘谨,正如胡适说的,像"一个缠过脚后来又放大了的妇人";再后来,却是走得愈来愈快、愈来愈远了,致使今天仍然为许多文学史家所歧视,认为不够成熟和稳定,其实是保守的审美观念所致。

比起新诗,散文的成就更大。当此思想革命时期,短评和随笔很发达,不但富含思想和决战的激情,在艺术上也日渐成熟,最后发展出鲁迅的"杂文"。"美文"方面,鲁迅、周作人、郁达夫、冰心、徐志摩、朱自清、俞平伯、叶绍钧都有不同内容和风格的制作。

郁达夫认为,"五四运动的最大的成功,第一要算个人的发现"。因此,他对这一时期的散文总结说:"现代散文最大的特征,是每一个作家的每一篇散文里所表现的个性,比从前任何散文来得强","现代散文的第二个特征,是在它的范围之扩大"。从前的散文局限于"尊君、卫道、孝亲",现代的散文则是"宇宙之大,苍蝇之微,无所不谈"。"现代散文的第三个特征,是人性,社会性,与大自然的调和。"此外,他还说到现代散文的"幽默味",本质上是他说的第三个特征的延长。朱自清则这样总结道:"但就散文论散文,这三四年的发展,确是绚烂极了:有种种的流派,表现着,批评着,解释着人生的各面,迁流曼衍,日新月异:有中国名士风,有外国绅士风,有隐士,有叛徒,在思想上是如此。或描写,或讽刺,或委曲,或缜密,或劲健,或绮丽,或洗练,或流动,或含蓄,在表现上是如此。"

鲁迅是现代小说的奠基人,最早的两个小说集《呐喊》《彷徨》分别写中国农民和知识分子,是一种深怀同情的批判,其意"在揭出痛苦,引起疗救的注意"。鲁迅是一个清醒的现实主义者，但是，作为一个文体家，他并不局限于写实的描摹，而是赋予作品以不同的式样，像《狂人日记》《示众》等，有不少篇章是很"先锋"的。特别是《阿Q正传》，通过一个农村无产者在大革命前后的遭遇，画"中国人的魂灵"，其中的抽象性、寓言性，包括意识流的技法等，可谓前无古人，堪称天才式的创造。

关于五四时期的小说，沈雁冰（茅盾）对此中流变有过一段评述。他认为，新文学第一个十年前半期的小说，百分之九十八都是男女恋爱题材，这种情况自1922年以后有所改变。他写道："那时有满身泥土气的从乡村来的写着匪祸兵灾的剪影（如同徐玉诺），也有都市的流浪者诉他'孤雁'似的悲哀（如同王以仁），也有渴慕'海'的自由者'疯人'似的说教（如同孙俍工），也有以憎恶的然而同情的心描写了农村的原始性的丑恶（如同许杰）。创作是向多方面发展了。题材的范围是扩大得多了。作家的视线从狭窄的学校生活以及私生活的小小波浪转移到广大的社会的动态。'新文学'渐渐从青年学生的书房走到十字街头了……"显而易见，小说是处在不断发展成熟之中。

在劳工神圣和人道主义等现代观念的影响下，为鲁迅所开创的"乡土文学"颇带动了一批作家，像蹇先艾、台静农、许钦文、王鲁彦等，在新文坛中构成相当的势力和影响。但是，以鲁迅的思想的深刻与形式的新奇，在新进的作家中，一直无人可以追随。整个二十年代，"乡土文学"作品很不少，艺术上却普遍简单粗陋，至三十年代，才出现像沈从文、萧红这样有重大成就的作家。

当一代青年作为时代主角时，恋爱、婚姻和家庭问题进入文学，构成为重要的主题是最自然不过的事；像冰心、淦女士、凌叔华、庐隐、丁玲等大批女作家涉足其中，也是最自然不过的事。出色的小说有鲁迅的《伤逝》，丁玲的《莎菲女士的日记》，柔石的《二月》。有关爱情、家庭和家族题材，到了三十年代有巴金的小说《家》和曹禺的戏剧《雷雨》，其实都可以视作五四文学的子嗣。

此外，早期小说表现"多余人"是比较突出的。其中影响最大的，当是郁达夫的《沉沦》及系列小说，忠实地描写了在一个畸形社会里的城市知识青年的病态。

话剧写作是很晚的事，论成就也算晚成。带头的剧本是胡适的《终身大事》，此后在戏剧方面有成就的作家有洪深、田汉、郭沫若、余上沅、丁西林等。

五四文学是中国现代文学的初创阶段。筚路蓝缕，拓殖中激发出一种蓬勃的活力，青春的活力，这是后来的作品所少见的。这时，废弃文言文而改用白话文，在语言运用方面，不免文白夹杂。这种新旧杂糅，恰好构成母语写作的一种天然魅力。加之这一代人物，借用俄罗斯的说法，多是"贵族知识分子"，带有一种高贵的自矜的气质，文字讲究修养、格调、趣味，从而带着个人的特殊的气息。气息给人的记忆是最深长的，古人称为"气韵"。整个五四文学的语言是一种富有韵味的语言，在这里不妨称作"五四腔"，是五四时代所特有的音色和调子。

鲁迅跟萧红谈及写作时，曾经表达过一个看法，说是新文学的历史太短，刚刚脱离八股文的时代，跟外国比起来，可继承的遗产太少。因此，创作的总体水平不高是可以理解的。这是一种横向比较；鲁迅晚年还有过一个纵向比较的观点，是说新文学的第一个十年的成绩并不逊于第二个十年。这个观点与我们的文学史家的观点很不一样，无疑地，鲁迅重视五四文学中的一种特有的精神气质。

五四文学诞生后不久，便产生了一批经典性作品，对于那代人来说，这是很可骄傲的。本书编入这些作品，以作为一个伟大的创造性时代的见证，自然也是对一代文学先行者的一种纪念和致敬。这些作品因为带开创性质，故可称为"元典"。但就其中具有很高的思想和艺术成就，特别是鲁迅的著作那样历久不衰、影响深远的作品来说，又不妨借用布鲁姆的概念，称为"正典"。

2018 年 7 月 3 日

（香港城市大学出版社 2019 年 5 月第 1 版）

《文学中国》序言,或一种文学告白

1

文学是什么?

这首先是一个实践中的问题,而不是理论问题。任何一个作家,或是普通读者都绕不开这个问题,而事实上,他们在各自的写作和阅读中,通过不同的选择,已经对此做出不同的解答。没有一个绝对正确而且完备的答案。最优秀的文学教科书,顶多也只能提供一个大体合理的框架而已,其中的许多空洞,仍然有待人们通过不断的探索实践去填补它。

哥尼斯堡城头置放着一座铜碑，上面镌刻着一个一生在这城堡里度过的著名智者的这样几句话：

> 有两样东西，我们愈经常、愈持久地加以思索，它们就愈是使心灵充满始终新鲜且有加无已的赞叹和敬畏，那就是：头上的星空和内心的道德法则。

一个是外部世界，一个是内部世界。在这里，康德给哲学立下了一个恒在的坐标。

对文学来说，这个坐标同样适用。时代就是广袤而神秘的星空。所谓时代，就是当下性，是人类面临的境遇，包括政治、经济、文化制度，社会事件，日常生活，大而至一种氛围，小而至一个细节，总之是围绕人而产生的全部的现实关系。德国作家格拉斯说道："艺术家无论恪守什么样的原则，他——尽管只在边缘上——都同样在给社会打上烙印，一方面表现他所处的时代，另一方面他又是社会的产物和时代的孩子：娇惯的孩子，后娘养的孩子，在这里是私生的孩子，在那边是官方收养的孩子。"他否定"自由创作"的可能性，认为这是艺术家虚拟的说法。实际上，没有哪一个作家是与世隔绝的，他根本不可能逃避一个时代的具体的约束和影响。即便是天纵之才，也不会有超时代的想象,即便想象出来,也正如加缪比喻说的那样,设想小麦未出土的情景,与孕育于垄沟本身的肥沃土壤是很两样的。

的确,有不少作家采用历史题材,但是这并不等于说,他们真的可以回到往昔的时代。恰恰相反,"一切历史都是当代史",他们不过请了过去的亡灵,演出时代的新场面,出发点仍然是当下的生存。所以,在作家的笔下,有美化帝王的,有抗议暴君的,有炫耀权力和鼓吹奴性的,有为奴隶的顺从和不幸而深感苦痛的。黑人作家莫里森说:"写作是为了作证。"鲁迅、索尔仁尼琴、伯尔、格拉斯、米沃什、凯尔泰斯,还有库切,所有这些作家都是坚持为历史作证的作家,忠实于人类苦难记忆的作家,其实也是最富于时代感的作家。在他们的作品中,重复出现奴役与抗争的主题,人类最古老、最深沉的自由意识因他们而获得了充分的表述;这些燃烧着正义之火的文字,照亮了人性的幽黯,使所有世代在人类的共同前景的映照之下连接起来生动起来。

在这里,时代不但是一个时间概念,而且是一个空间概念。时代以我们所共有的密切相关的现实覆盖我们,成为我们的祖国。作家要表现自己的时代,必须首先让心灵承受现实中的一切,包括黑暗和灾难。承担产生责任,但是，承担毕竟只是写作的起点。现实不是一成不变的。现实是改造中的秩序。作为以文学参与变革现实世界的一分子，作家是不会满足于被动的反映的，他必然从内心的道德原则出发，在接受现实的同时加以积极的抵制。"肯定文学""赞成文学"，不是时代所需要的文学。真正的文学，只能是在接受与抵制的永久张力中进行。富于社会责任感的天才作家加缪对此有过极其精辟的论述。他引用纪德一句话——"艺术依赖强制而生存，却因为自由而死亡。"强调作家必须具备自己的自制性原则。他解释说，纪德的所谓"强制"是指艺术仅仅依赖自身的强制而生存，至于其他一切强制都只能使他灭亡。相反，如果失去了这种内在的强制力，则只能沦为幽灵的奴隶。

文学唯凭语言，把时代和心灵联结到一起。在文学中，时代不再是自在的客体，不再是压迫物，它可以像冰雕的城堡般于顷刻间瓦解，因为心灵中不但有暴风雨，也有阳光。时代成了心灵的时代。

2

倘要说文学，不能不说文学性。

所谓文学性，即文学的特性，也即文学所以为文学的地方。作为一种审美形式的存在，文学首先是语言艺术，是由区别于一般日常用语的语言构筑起来的艺术。文学语言可以很鄙俗，但鄙俗中肯定有它高贵的地方。语言是文学元。本雅明把波德莱尔看作"同语言一道密谋起义的人"。其实所有作家，都应当是使用这种富于私隐性的书面语言的密谋者。文本结构、技巧、美学风格，都首先表现为语言的创造。我们看到，随着文体观念的衍变，许多随同文体而产生的形式和技巧都产生了大小不等的变化，有些被强化了，有些被弱化了，还有一些则长此消亡。如史诗、神话，已然成为过去；赋比兴在诗歌中也不再如古典时期那样重要；传统散文中颇为讲究的"形散神不散"的法则，不再是必奉的圭臬，而是必须打破的桎梏。所谓"典型环境中的典型性格"，对于"形象""情节"的要求，在现代小说中显然下降到了一个次要的位置。在艺术形式的演变中，语言本身不可能没有变化；但是，对于语言的重视，却是所有作家莫不一以贯之的。

文学语言可分两大层面：一是本体的，一是文本的。本体语言直接体现了一个作家的艺术气质和文化素养；而文本中的语言，则处在次一层级上，通过具体的结构关系而显示其优劣。语言并非文学的全部，却是文学形式的全部外观。通过语言的直观性，从一开始，就可以把许多缺乏肉体气息和个体特征的文学赝品排除开去。

文学性是文学作品的第一判断。此外，思想文化内涵，包括詹姆逊说的"意识形态素"，以及诸如信息、知识、文化等因素，也是区别作家和作品大小的重要依据；在艺术创造达到一定高度的基础上，甚至可以认为，这些综合因素具有决定性的意义。比较屈原的《九歌》和《离骚》，庾信的《小园赋》《枯树赋》和《哀江南赋》，唐代的宫词和白居易的《长恨歌》，可以看出，后者显然具有更丰富的内涵量。《古诗十九首》，直至后来张若虚的《春江花月夜》，所以脍炙人口，不只是由于艺术上的成就，还因为它们包含了感悟生命的东方哲学文化的巨大意蕴。《红楼梦》和《阿Q正传》，不但具有史的价值，同时作为一个民族寓言，还可以引发我们对于权力、群众和革命问题的思考。"说不尽的莎士比亚"，在很大程度上指的是文化内涵的广延性。马克思称赞狄更斯等一批十九世纪英国小说家，说他们在书中"向世界揭示的政治和社会真理，比一切职业政客、政治家和道德家加在一起所揭示的还要多"；恩格斯说巴尔扎克的《人间喜剧》"提供了一部法国'社会'，特别是巴黎'上流社会'的卓越的现实主义历史"。这些说法，都是在文学性之外，着眼于历史学、政治学、社会学的内容对作品所作的评价。作为一种文学批评（选本也是一种批评），自然不能不考虑作品的完整性，而把所有的思想文化因素统一到文学性中。但是，倘若从别的视角出发开掘文学文本的价值，是应当被允许的。中国现代文学作品，除鲁迅外，并未引起其他学科的学者的关注，至今仍然缺乏多元多向的批评。

文学作品还有一个倾向性的问题。比如政治思想倾向、道德倾向等，那许多消融在文学性中的内容物，实际上不是散漫游离的存在，却往往通过内向凝聚而呈现出一种主观价值取向。这里明显牵涉到一个主体性问题。

所谓"零度写作""纯客观""冷叙述"之类，都不能抹杀作家作为创造主体在作品中表现出来的道德立场、品质、人格结构的真实面貌。不能把一个作家的思想意向和道德倾向同文学创造截然分开。文学精神永远处于领先的、主导的地位，这是毋庸置疑的。即便承认美学的独立性，反人类的观念仍将对作品的价值造成重大的损害。在中国文坛，以腐朽为美、以残酷为美、以淫秽为美的例子多得很。无论在显示诸种世相方面具有怎样的认识价值，其中的思想观念和审美趣味，对读者来说仍然是摧毁性的，与被普遍说成"以丑恶为美"的波德莱尔的《恶之花》那种旨在暴露社会罪恶的严肃而又充满人性的写作相去甚远。

现代写作要求作家不要沉溺于正在进行中的时间之河里，不要满足于现成材料的挥霍，不要为主流文化所淹没，而是善于反思，把当下在场出现的一切"问题化"；并且，在对既有的生存秩序进行批判改造的同时，也把自身当作进行某种复杂和痛苦的改造的对象，使之成为一个自律的主体。这是一个担戴了大灵魂的主体。当他进行个体叙事的时候，并没有像一些理论家指导的那样，反对或放弃"人民伦理的大叙事"；在他那里，人民或群体统寓于个体之中。即便是古典自由主义者，也并不以个人排斥社会，一如不以自由否定公正；群己有限界，但也没有限界。伦理的责任与法律的权利实际上是两回事，有些限界是可以逾越的，而且是必须逾越的。凯尔泰斯在《英国旗》中喊道："透过我们有谁看得见？"他一再表示要做"奥斯威辛魂灵的介质"，其实就是要做"代言人"。为什么？因为事关人类的命运。他以自身一度失去自由和尊严的彻骨的痛苦，深切了解这一点，了解写作的意义。他代言了，但是我们并不能因此说他为之代言的奥斯威辛的死难者与他个人无关，其实，在写作时他已化作了死难者。他是一个人，同时又是一群人、一群亡灵，是整个人类。诺贝尔文学奖评选委员会的评选结果显示，代言并未影响一个作家的艺术分量，相反，倒使分量显得愈加重了。

3

狄更斯在小说《双城记》的开头,这样描写十八世纪后期巴黎和伦敦所面临的时代:

> 那是最好的年月,那是最坏的年月;那是智慧的时代,那是愚蠢的时代;那是信仰的新纪元,那是怀疑的新纪元;那是光明的季节,那是黑暗的季节;那是希望的春天,那是绝望的冬天;我们将拥有一切,我们将一无所有;我们直接上天堂,我们直接下地狱——简言之,那个时代跟现代十分相似……

鲁迅称一个可以由此得生,也可以由此得死的时代是"大时代"。现时代就是这样的大时代。由于时代处在不断的分裂、变革、转折之中,因此狄更斯的这段经典描写,时时为人们所引用。

二十世纪后期至二十一世纪初,中国进入了一个被称为"改革开放"的时代,一个转型的时代,有社会学者称为"断裂"的时代。大气候影响小气候。全球化、政治民主化的进程不可阻遏。托夫勒所称的"三次浪潮",同时冲击着神州大地,正反两面同时呈现,奇迹和问题交织在一起。借用狄更斯的描述来概括中国社会的现状，是十分恰当的。清末洋务派刚刚开启封闭的国门，辛亥革命不过绊倒了一个小木偶，二十世纪初新文化运动只是思想文化层面的变化而已，中国底层社会并未受到根本性的触动。而此际，以经济改革为杠杆，正在撬动中国上下几千年的冻土层，行将开出前所未有之大变局。

伟大的时代呼唤伟大的文学。在历史上，社会危机尖锐的时代，断裂的时代，在强大的社会潮流影响下面临变革的时代，都有伟大的作品产生。我们确实从来未曾经历过如此激烈而复杂的社会变动，可是，浩瀚的民族文学遗产中并没有可资借鉴的范式，我们将如何表现这个生死相逐、新旧交替的大时代？

事实上，一些被称为"主旋律"的作品，在很大程度上仍然重复从前的意识形态的调子；在大众文化流行之际，大批繁殖娱乐消遣之作；还有一些小雅人，沉湎在个人梦幻里，专事制作抽象的、纸扎的形式主义玩意儿。一面是骗人的奢侈品，供小圈子内少数几个人赏用；另一面，则以粗制滥造的东西腐蚀大多数人。几乎到处都堆放着这些垃圾，到处飞舞着五光十色的纸屑；装模作样，沾沾自喜，趾高气扬，酷相十足，最终，文学切断了同现实生活的联系，而生成在别处。没有血脉的涌动，没有挣扎搏击的热情，没有疼痛和悲悯，没有爱，甚至也没有讽刺。文学大奖照例举行，文学广告漫天散播而唯独不见了文学。

在文学资源相对匮乏的情况下，我们只好取拿来主义的态度，大力引进经历了从工业社会到后工业社会的丰富的西方文学；而作为本土资源的基本部分，唯是脚下震荡的土地，广大底层的生活。古老俄国的普希金、果戈理、涅克拉索夫、陀思妥耶夫斯基、托尔斯泰们可继承的文学遗产一样十分稀薄，唯靠一面学习西方，一面拥抱人民，终于开创出一个文学的黄金时代。新大陆的马克·吐温、惠特曼、麦克维尔、德莱塞们完全摒弃了那个体面、胆怯的维多利亚时代，在一块没有传统的空白地上，建造起伟大的民族文学。他们都是一样地诚实、勇敢、自信，一样地生气勃勃！我们将以怎样一种姿态，迎来现代中国的新型文学？

让时间倒流一百年，听听一个枭鸣般的声音：

> 世界日日改变，我们的作家取下假面，真诚地，深入地，大胆地看取人生并且写出他的血和肉来的时候早到了；早就应该有一片崭新的文场，早就应该有几个凶猛的闯将！

2003年11月12日子夜
（花城出版社2004年4月第1版）

《中篇小说金库》前言

在中国,"小说"一词使用已久,最早见于《庄子》,《汉书·艺文志》说是"小说家者流,盖出于稗官;街谈巷语,道听涂说之所造也"。小说的雏形是神话传说的简略记录,后来发展到《搜神记》一类志怪小说和《世说新语》一类志人小说,结构都很简单。及至出现唐人传奇、宋元话本,小说乃由粗具梗概变得枝繁叶茂起来。鲁迅指出:"是时则始有意为小说。"就是说,小说创作的自觉意识直到这时方始建立,结果是:小说有了中篇的规模,题材有所拓展,最突出的是情节性大大加强,而语言也趋于通俗,更富于表现力。明初《三国演义》《水浒传》的制作,标志着古典小说趋向成熟;随着清代《红楼梦》的出现，达致巅峰状态。盛极而衰，紧接着，变革时代也就适时而至了。

宋元"说话"中有一类名为"小说"，指的是话本中的短篇故事，与我们现今使用的概念相去甚远。我们说的"小说"，实际上是晚近的舶来品，可以说，是由欧洲的小说观念再命名的。

在欧洲，小说发展的道路与我国大体相似，即由神话而传奇而故事，由短篇而中篇而长篇。至十九世纪，长篇小说十分鼎盛，致使黑格尔断言极限来临。及世纪末，现代主义小说很快出现，传统的主题和写法被打破了。其实，十八世纪末以前，欧洲小说的体式已经相当完备，只是小说之名（novel）迟至此时才正式流行起来罢了。

几乎与此同时，有了中篇小说（novelette 或 novella）的名目。中篇小说是中型的叙事散文作品，一般而言，以篇幅的长短划界，但因此也就有了相当的弹性，需要把所叙的事件的规模、时间长度、结构的复杂与完整的程度同时作为参照。绥拉菲莫维奇的中篇《铁流》，论结构，可以算作长篇；莫泊桑的《俊友》本是中长篇，意大利作家莫拉维亚却是把它当作注水的短篇来看的。

五四新文学运动把中国文学分为前后两截。语言由文言改为白话，表面上是语言层面的变革，实质上是一场带根本意义的文学观念的革命。胡适写《白话文学史》，所说的白话，仍是古典的白话，与五四时期语法相当欧化的白话很不相同。五四的小说，一、凸显文学的主体性，自觉性、叛逆性，个性解放与人道主义成为小说的主旋律。二、题材和主题有所扩展，社会问题进入小说，"神圣劳工"及知识分子形象组成了新的人物画廊。三、小说结构基本上是西式的、块状的、自由组合的，而非线性的、连环组接的传统章回体。除了思想观念，还有形式技法，都是现代的，面向西方，学习西方，而有了东方式的创造。

现代小说仍以短篇先行，几年后，中长篇相继产生。1922年，鲁迅的《阿Q正传》正式发表。以中篇的篇幅容纳了一个革命的时代，统摄了一个民族的灵魂，这确实是一个奇迹，尤其出现在新文学的发轫期。当时，郁达夫、庐隐、废名等都有中篇问世，但多流于粗浅。

直到二十世纪三十年代，一批作家和作品挣脱自叙传性质而向广大的社会面开拓，开始走向成熟。茅盾除了长篇《子夜》，又以中篇《林家铺子》《春蚕》反映中国社会的变动。乡土题材聚集了众多作家，萧红、沈从文、王鲁彦、吴组缃、沙汀，还有废名，都有相当数量的作品。其中《生死场》和《边城》，或凄厉，或幽婉，更富于鲜所开拓。其中,王蒙的《组织部来了个年轻人》是有代表性的。青年作者是严肃的、敏锐的,小说揭露官僚主义者的丑恶,闪耀着一个"少布"的理想主义的光芒。宗璞的《红豆》,忠实于对校园知识分子爱情生活的描写,无意中涉入禁区。但是,这些颇有"离经叛道"倾向的思想和作品,很快销声匿迹。像路翎、丁玲这些出色的小说家,在"肃反"及"反右"斗争中,先后遭到整肃,给中国文学带来很大的伤害。

至七十年代末,一场浩劫过后,社会思想包括文学思想活跃一时,一批作家解除了荆冠,恢复了写作的权利;另一批青年流放者从农村归来,正式练习笔耕,小说家队伍于是迅速壮大。这时,西方大批思想文化读物及文学经典,包括现代小说被介绍进来,大型文学刊物纷纷创刊,这就给中篇小说的繁荣准备了温床。

继"重放的鲜花"之后,一批带有创伤记忆的作品问世,其中有《天云山传奇》《犯人李铜钟的故事》《大墙下的红玉兰》《绿化树》《一个冬天的童话》《被爱情遗忘的角落》等。叙述知青生活的小说不断涌现,形成了一个小小的浪潮。其中大多数把上山下乡运动当成一场人生劫难来描写,像张承志的《北方的河》《黑骏马》这样作积极的浪漫主义的回顾，表达对土地和人民的灵魂的皈依者为数极少。王小波属于明显的异类，他的《黄金时代》表现"文革"的禁锢与荒诞，想象大胆、奇特，在形式上有很大的独创性。至于阿城的《棋王》，体现一种道教传统文化的逍遥心态，恐怕是唯一的。很快地，小说开始向现实生活掘进，一类着重于生存困境的揭示，如描写技术知识分子的《人到中年》，描写农村青年男女的《人生》；一类倾力表现中国面临的社会变迁，包括农村的责任承包、城市的企业改制，等等。高晓声的《陈奂生上城》和蒋子龙的《乔厂长上任记》，可以作为代表。此间，一批描写民俗、表现人性的作品出现了，如汪曾祺的《受戒》《大淖记事》，张洁的《爱是不能忘记的》等，另外还有一些无法归类的小说。

比起前三十年，这个时期中篇小说的数量陡增，题材变得更加丰富多样，然而在主题的发掘方面，多满足于形象地复制意识形态结论，整体风格"温柔敦厚"，缺乏作家个人判断的独立性和社会批判的深刻性。关于改革，未及完全跳出长期以来形成的"歌颂"与"暴露"二元对立模式，对现实中的黑暗面、矛盾与冲突的复杂性缺少充分的揭示，主观意识往往与现存秩序相妥协。即便如此，喧哗一时的中篇小说，仍然显示出为五十年代以来所未有的突破性成就。

及至八十年代中期,小说界的风气很快偏移了被称作"思想解放运动"时期所确立的关于人的历史命运的悲剧主题,出现了一种形式主义的倾向。在此期间,有两大创作现象是值得注意的。一是"寻根文学",即从现实生活中寻找人类学、文化学的源头。从表面上看,"寻根"是现实问题的深化,实际上大多数作品都脱离了现实政治,否弃了对现存体制的实质性追询,公式化、符码化。王安忆的中篇《小鲍庄》,在国民性的探寻中依然保持了生活的饱满的汁液,是这一路文学中少有的佳作。还有一个现象是"先锋小说",旨在形式上做实验,内容相对单薄,有不少西方现代主义的赝品。无可否认的是,个别小说活跃着新的思想元素,如刘索拉的《你别无选择》、徐星的《无主题变奏》;但是大体上,这些实验小说颇类三十年代的"海派",作品不求大,不求深,但求领异标新,多少丰富了中国小说的叙事形式。

九十年代的小说整体乏善可陈。当此艰难时世,有人倡言"新写实主义""躲避崇高""分享艰难"。应运而生的这一类小说,可以说是正统文学的代表,政治力求正确,艺术追摹宏大;个别作家貌似解构正统,如王朔,实质上是一种"别裁",一种补充。由于有着各种权力资源的支持,潜在势力是雄厚的。但这时,一种相反的文学趋势也起来了,就是所谓的"个人化叙事"。叙事的个人性,在这里竟成了反社会的一个遁辞;正如有人标榜"女性主义写作",却置换了这个源自西方用语中的自由、平等这样带政治学、社会学的内容,而从事纯个人题材的写作,琐碎、淫靡、空洞,甚至充满色情描写。此时,又有所谓"新生代"群体顺次登场,批评家为之鼓吹,出版界推波助澜,呈崛起之势。其实这批青少年作者普遍缺乏社会生活方面的体验,也缺乏文学训练,浮嚣有余而坚实不足。

新世纪以来,又有人提出"底层文学"的口号。倘若能够正视现实,关注底层,对于有着几千年"瞒和骗"传统的中国文学来说,应当说是一种根本的转变。但是,以我们的作家目前的素质和状态,要高张并坚持一种现实主义的文学精神,并非轻而易举的事。一些被称为"大腕"的人物继续编造冗长的故事,即使抓住"苦难"作题材,也是随意编织材料,违背生活逻辑;而且在主体方面,也缺乏起码的诚爱与同情。作品的"酷",不仅仅在于技术上的冷处理。具有一定的底层生活经验的作者,作品大多显得粗糙,因此在总体上比起八十年代,中篇小说创作不见得有长足的进步。较为优秀的作品,有尤凤伟的《小灯》和林白的《回廊之椅》，两者对土改历史都有颠覆性的叙述；描写矿工生活的，有迟子建的《世界上所有的夜晚》；反映农村题材的，有刘庆邦的《到城里去》，胡学文的《命案高悬》，以及徐则臣写农民工的"北漂"系列小说。此外，像薛忆沩的《通往天堂的最后那一段路程》，钟晶晶的《第三个人》，则以其哲理性和诗性，在众多以故事性见长的小说中显出一种罕有的杂色来。

近百年间，中篇小说在题材、主题、体式、技巧等各个方面，不断地有所开拓，有所发展。但是，一个颇具讽刺意味的现象是，最早出现在现代小说史上的《阿Q正传》，至今仍然是一座无法逾越的高峰。比起二三十年代的小说来，当代小说虽然在叙述故事和刻画人物等手段方面，相对显得娴熟，但是艺术个性并不突出。首先，表现在文学语言本身，就缺少个人笔调；在现实生活中，长期的集体主义教育，使个人性受到遏制，或许是根本的原因。同时，语言也缺少优雅的气质，缺少精致，缺少韵味，同汉语语境遭到破坏，同整个社会语言的粗鄙化有关。在形式上，中国小说满足于讲故事，讲究"好看"，缺乏西方小说的那种精神性，缺乏思想深度。

中篇小说的繁荣，从根本上说，有赖于一个民族的文化和文学的繁荣。道路是漫长的，但因此，前景也未尝不可能说是开阔的。单就现代小说发展来说，从五四到现在也不过一百年的历史，具有经典性价值的作品极少，而真正堪称优秀的作品也不会很多。在此，我们编选了这套《中篇小说金库》，旨在集中这类具有较高的思想价值和艺术价值的作品，以利于流播；反过来，也可以充作进一步滋养小说创作的一份泥土和养料。需要说明的是：其中有的作品，编者并不认为属于最优秀的部分，但是不可否认，它们自问世之后在文学界和读书界中造成的影响，从文学社会学的意义上考虑，这也未尝不可以算作是一种"含金量"。

《金库》分辑陆续出版，希望得到作家、批评家、文学史家及广大读者的大力推荐，以确保它作为中国现代小说的一个文本系统的完整性。

(花城出版社 2009 年 8 月第 1 版)

《随笔六种》序

去秋,香港城大出版社的朱国斌先生和陈明慧女士过访。席间,话及人文知识分子的批判性,朱先生深表赞同。及后,他邀我为社里组织一套随笔丛书,我便欣然应允了。

随笔是我喜欢的文体。"笔",是一种片断式记录,大约相当于姚鼐《古文辞类纂》中说的"杂记",国外有人称作摘记式短文。至于"随",放任无羁,所指无疑是一种自由的形态。随笔的定义简单明白,就是自由的记录。没有自由,便没有随笔。可以想见,随笔是不安分的,尝试的,探索的,总是置身边缘。所谓"先锋",其实也是边缘。随笔不喜停驻于某一场域,却喜深入交叉的小径,其间榛楛弗剪，却又没有巴洛克式的那种繁复而华美的风格，而接近数学般的明晰。所以，虽然有作家用于记叙日常生活，如兰姆，如阿索林，但更多的还是借以承载思想，像蒙田、帕斯卡尔、培根、尼采、薇依、本雅明等，直到鲁迅，都是大家所熟知的随笔型作家。

这里的几位作者，多年来一直从事严肃的写作，随笔是常用的形式之一。其中，邵燕祥和王得后是国内著名的杂文家，被誉为鲁迅的"传人"。邵燕祥给集子起名《奥斯维辛之后》，取意于思想家阿多诺著名的警句，肯定写作的道义感。他认为，法西斯并不只是意味着极端民族主义，而且意味着专制独裁、思想禁锢，意味着屠杀、战争、毁灭和死亡。因此，它也就不只限于德国意大利，不限于二十世纪，而是切切实实地延续并威胁到二十一世纪全人类的命运。作者强烈呼吁"反法西斯"者，以此他希望作为一个口号，不至于在代际传递间中断。王得后的《刀客有道》返回中土，直接取材于周遭的社会现实。说市民，说师友，说自己，全书似乎没有一个集中的主题，字里行间，却无处不响应着同一的脉搏，就是新与旧的斗争。就连鲁迅，在书中也非"过气"的人物，而以其独有的姿态，参与到实际的变革中来。赵园和钱满素同为学院中人，随笔的材料多来自各自的专业，态度却并非纯学术，没有丝毫陈腐的学究气息。赵园的集子就叫《读人》，很大篇幅述及中国皇权专制时代中魏晋与明清两个最黑暗的时段，且及于当代"文革"，特别注重具有中国特色的家族伦理与文化心态，可谓洞悉幽微。而钱满素的《觉醒之后》，则致力于政治社会制度的描画，横看成岭，侧看成峰，全方位展现一个伟大的民主国家的形象。筱敏别具心眼，让《灰烬与记忆》重燃火焰。所涉神话、传说、历史、人物和事件，包括阅读种种，充满隐喻，在人性道德的最高意义上，闪烁着诗意的光辉。把这样几个集子合到一起，古今中外都有了。

在丛书中，我加入了自己的一个集子，写的是另类文化史：《地下写作和秘密阅读》。卑之无甚高论，唯书中保存的一点文化压制的故实，或许还有警的价值。

丛书作者的叙事各有不同，但是所关切的，都是人的生存境遇。人首先是个人，为自己而生存：安全地生存，自由地生存，有尊严地生存。事实上，如此合理的生存，却不断遭到合法性暴力的摧残和国家神话的诓骗。正是基于共同的理念和认识，所以，纳粹德国、沙俄和苏联，那些"中午的黑暗"，会成为丛书反复述说的内容。作者都是有"历史癖"的人，用鲁迅的话说，是有"记性"的人。他们记住，而且要大家也记住，记住那许许多多的牺牲者、不幸者、被湮没者，记住黑暗是从哪里开始的，人们凭借什么样的力量去驱逐它，直至一次次曙光重现。

历史学家一再强调说，应当重视历史经验与现实问题的关联。唯有历史，才能给我们目下的行动提供重要的依据；而且唯有它，才能为我们走向未来提供必要的想象力。所有的光荣与梦想，崛起与覆亡，都已在过往的时日里做出分明的昭示。因此，每一回顾，都将使我们在意识到重负的同时，增进对于人类自由、民主、正义与进步的信心。

出版社提议给丛书命名，我到底取了一个没有名字的名字，叫《随笔六种》。心想，犹如原木做的家具，本色便好。

是为序。

2018，戊戌年大年初一夜

（香港城市大学出版社 2019 年 9 月第 1 版）

《自由诗篇》序

根据阅读的经验,我常常被告知:一个人如果从来不曾阅读过诗歌,应当是人生的一种不幸。

由于诗的召引,我们一再返回纯净的童年,感受大地母亲的温暖。诗是水,是粮食,喂养的是灵魂。在你困苦时,诗给你以快乐的酒浆;在你迷醉时,诗以神谕般的力量,动摇你,使你苏醒。诗有许多触须,伸向你身体最深最细微的地方;倘若你为石头所折磨,被刀锋损伤,你会因诗而感受到世界最温柔的部分。人跟树木一样,在风中站立不易,是诗使你正直;而在落英缤纷时节,依然是诗,使你恢复青春和泥土般的淳朴。在陷阱里,诗给你绳索、梯子、广大的天空;在铁屋子里,诗给你门。诗里有血，点得着火；诗里有坚硬的物质，所以勇士和流人常常和诗在一起。那么多狱中书简，"多余的话"，以及响应子弹而起的悲壮的口号，其实都是诗。

诗未必一定是分行书写的，虽然我们在谈论诗的时候，仍旧沿用了文体家的皮相的说法。因为分行，诗好像有了"自由诗"和"格律诗"之分。闻一多称格律诗为戴着锁链跳舞，但是，从事自由诗写作的，难道便没有锁链的叮当声相伴随吗？自由与不自由，首先取决于诗的精神实质，而不是韵脚、音步、诗行的整齐与否。在西方，文学原理是被称作"诗学"的。在亚里士多德那里，所谓诗，便囊括了戏剧和荷马。文艺复兴时代的英国学者锡德尼也把诗的分行看作是一种装饰，强调"诗的成因"，所以，当他极力为诗辩护时，把色诺芬和赫利奥多罗斯用散文写的作品看成为"完美的诗"。柏拉图是诗的，奥古斯丁是诗的，克尔凯郭尔、尼采、柏格森、乌纳穆诺是诗的。本原意义上的哲学带有哲人个体的生命气质，而不仅仅是知识学的，它关系到人生、希望和信仰。优秀的文学同样如此。莎士比亚固然是诗的，易卜生也是诗的，斯特林堡、贝克特、奥尼尔也是。还有散文作家，像安徒生、卡夫卡、乔伊斯、伍尔夫、普鲁斯特、陀思妥耶夫斯基、屠格涅夫、契诃夫、梅尔维尔、福克纳、马尔克斯和鲁尔福，他们都在写着不分行的诗。更不用说左手写诗、右手写散文的爱默生、黑塞、哈代、蒲宁和帕斯捷尔纳克了。在美术家那里，我们同样可以在米勒、梵高、蒙克、怀斯、基弗、珂勒惠支、肯特、摩尔的作品里读到诗。音乐简直全是诗的，不同的只是符号而已。大地般的淳厚朴实，阳光般的明朗，雪峰般的冷峭，幽林般的神秘与雾状的弥漫，深渊的涌动或不涌动，道路般的确定，野火般的热烈与风一般的自由无羁，这就是诗的精神。凡是充盈着这样一种精神的文字，就可以称之为诗。

在人类世界中，精神到底占有一个怎样的位置？黑格尔对精神现象作过系统的研究，他的《精神现象学》就被称作"黑格尔的圣经"，虽然偏重的是普遍精神，仍不失为一份富于原创意义的遗产。但是，他的继承者接受的只是群体的、历史的、理性的、本质的、统一的部分，而抛弃了个体的、经验的、感性的、现象的、差异的部分，抛弃了深蕴其中的合理的内核，一种否定的精神。在很长的时间里，人不是被看作政治动物就是被看作经济动物，精神被等同于意识形态，它只是物质的附庸。所谓权力意志，实际上也是物质化了的。马克斯·韦伯作为社会学家，认为一个伟大的思想成果，则是肯定精神文化在社会变革中的作用。在著名的《新教伦理与资本主义精神》一书中，他指出，正是新教的宗教精神，一种新的价值观，促进了资本主义经济在欧洲的发展。在这里，精神对社会制度的作用是决定性的，杠杆一般重要的；至于精神创造物本身，其作为原动力的存在就更不待言说了。

精神就其本源状态来说是开敞的、澄明的、充沛的、流动飞扬的，然而，在不同的地域和时代里，在不同的民族、阶级和个人中间，难免要发生变异，而可能呈现为浑浊、凝滞、沉重、涸寂如茫茫戈壁。个人是精神的实际担当者，由于不堪重负，于是有呻吟，有控告，有呐喊。诗不为诗人所独有，唯有而未能言，诗人为之语，则握拨一弹，心弦立应，是为伟美之声。鲁迅在《摩罗诗力说》中，集中于精神方面解说诗人的职能，其中，极力推崇摩罗诗人，其实是异端诗人。他把对主流社会的挑战反抗看作是自由精神的极致，这样概括摩罗诗人的共同特色："大都不为顺世和乐之音，动吭一呼，闻者兴起，争天拒俗，而精神复深感后世人心，绵延至于无已。"鲁迅认为，自由精神不是一个民族所固有的，与其说是先天的赐予，毋宁说是斗争的产物。所以，真正的诗人，一定是"精神界之战士"，一反历来的"罪恶之声"，而能"作至诚之声，致吾人于善美刚健"，"作温煦之声，援吾人出于荒寒"。鲁迅在另一篇短文《诗歌之敌》里有一段话，说到博大的诗人"感得全人间世,而同时又领会天国之极乐和地狱之大苦恼的精神"。其实,这也正是鲁迅诗学的精髓。

今索诸中国,为精神界之战士者安在?

中国诗人都在呼唤诗神,唯独鲁迅呼唤摩罗(恶魔)。其时,正值二十世纪曙色大作。今天,当我在编选一个诗歌选本,而不自觉地听见他在旷野中的那个年轻热情而又焦躁不安的呼告时,一百年弹指过去,恰恰来到了又一个新世纪的端点。

文学史的发展是不平衡的。在某一个时刻,诗人可以呈群体式涌现,但是,在另一个时段里又只能零星地出现。此外,还有万花纷谢、众芳芜秽的漫长季节。在这个选本里,我截取的仅系近三十年诗歌史,按照精神的线索,寻绎诗人各自的踪迹;此间,跨过色调不尽相同的两个阶段,目送了经历很不相同的三代人,总的印象是:骆驼队仍然在行进。

对于作为一门艺术的诗歌来说,精神毕竟是最高的。

(中国工人出版社 2005 年 1 月第 1 版)

《曼陀罗文丛》序

数年前,坊间的散文小品一类突然盛行起来,至今其势未减。论客蜂起,或云中产阶级人数剧增,所以有闲;或云现代生活节奏加快,所以无暇。诸如此类,教人想起评论界制造的种种神话来,总之,无论何种新名词,只要到得这班论客手中,都一样被料理得头头是道,像煞有介事。

一种题材,一种风格,以往得以流行,几乎全借了行政手段的推广;所谓"样板戏",不过极端的例子而已。直到二十世纪七十年代末,随同大批冤案的平反,一种特殊的文体——回忆录,及其孪生姊妹——另行结构的报告文学,几十年来才首次以暴露和控告的形式,正式侵入官方出版物。作为死者与生者关于人类生存问题的一场历史性对话,这些文字,庄严、真实、深沉、激越,灌注着否定的逻辑力量,民族与个人命运相叠合的悲剧内容,重新整合的政治伦理观念,以及民间孕育久远的爱仇情感,在一个窄小的时间裂隙里,完成了散文写作的一次骄傲的凯旋。

政治可以压制文学,也可以解放文学;正如经济可以助长文学,也可以消解文学一样。当社会以开放的态势渐次敞开,在思想知识界,一种"纯"文化的主张趁机泛起,彼此呼应,推波助澜,影响日巨。沉寂已久的散文作家,亦多因非政治化的倾向而被尊为大师;当代文坛则群起效尤,开专栏、答客问、"告别革命"、"躲避崇高",聒噪不已。当此风气一开,书贾麇集,竞炒名角。于是乎,闲适呀、雅致呀、柔媚呀、幽默呀、琐屑呀、卑俗呀,适逢其会,全都有了。

至此,散文的写作和阅读都成了消遣性行为,作品有如一种标准化食品:鲜甜,可口,绵软,易于消化;这样,必然要拒绝一些将使胃变得坚强起来的谷物,拒绝骨头,对苦涩和辛辣感到恶心。根据商业原则和权力原则分别制作的成品,前后比照,竟具有某种相同的质性。这是可骇异的。

鲁迅曾戏改一联,概括新文化运动的命运,叫:"时代在前面,五四失精神。"这位历经了伟大的思想解放运动的战士,目睹一场恶战之后,战友如何的风流云散,不免一度"彷徨无地",乃至为后来的学者所讥。对于五四精神的陷落,他是十分沉痛的。十年过后,应当说是又一个新时期了,他竟然总结说,就整体的文学成就言,新时期并未超过发轫期。这种评价,从来不为我们的文学史家所注意。在这里,他强调的,实质上仍然是文学精神。文学同精神文化的其他截面大体处在历史的同一水平线上;当精神陷落,它是不可能独自飞跃的。大致上也是基于同样的因由罢,当散文小品进入三十年代的鼎盛阶段时,他才一再危言耸听地评说:"小品文的危机"。

历史迂回了一下,就来到现在了。

而今也来凑一套丛书,并非要造什么"方舟",好像挽狂澜于既倒似的。其实,自问无甚宏愿,也无此伟力。高士的逸兴,智者的幽默,才人的风流蕴藉,都是这里的作者所缺乏的。只是风沙塞途,尚存一分诚实,多少可以说一点苦辛,抒一点忧愤;对于生命,毕竟有一分敬畏。至于如革命家说的真理,或如宗教家说的信仰者,我等未必深知其然,然而对于人的自由、尊严、崇高的存在,倒也还有一份确信。

家乡有一种花，夏秋开花，色白，花冠近似百合；果有尖刺，熟时四瓣怒裂。花名风茄，书本子上还给起了一个名字，叫作曼陀罗。

鲁迅在《野草》中曾经提到过。此花有毒，可入药；乡人传言服用可以致疯，故皆避之，似开得很寂寞的。

丛书编讫，辗转迁流，至即将付梓之际，想到名目未定，颇费踌躇。忽无端忆起曼陀罗，觉得以此为丛书命名，倒也很合适。名目的使用，我想，未必一定得有很堂皇的理由的。即以曼陀罗论，倘要究诘起来，也别无深意，只是对鲁迅尝说的"喜欢寂寞"，一时起了同感罢了。

（作家出版社 1998 年 7 月第 1 版）

《曼陀罗译丛》序

说到翻译,自然会想起鲁迅。

作为现代翻译的前驱者,鲁迅最注重的无疑是精神,是思想的破坏和建设。他翻译社会科学书籍,犹如"盗天火",虽然本意在"煮自己的肉",可是黑暗中毕竟留下了瞩目的火光;用他的另一个比喻来说,亦即所谓"偷运军火"罢?至于文学作品,所译除了俄国,几乎全属被压迫的弱小的民族;选择的作家,也都偏重不大著名或竟是无名的,甚至有意避开"大师"——事实上,贩卖"大师"者大有人在。他走着自以为"最平正的道路",用文艺来沟通人类,使彼此不隔膜,相关心。他提倡"硬译",简直唱独角戏,恐怕至今仍然逃不掉博雅之士的讥诮,而以为愚拙。然而,他的目的,正在于拿来救治中国人的思维和文法的贫乏。思虑是更广远的。

战争、运动,大半个世纪已然过去,可谓世易时移了。今天,除了一些必须的禁忌以外,好像一切都变得"商品化"起来,其中包括文学翻译。一部古典名著,同时衍生出十几个译本;重译未尝不好,无奈粗劣得可以。严肃一点的著作无人问津,而色情、暴力、迷信,却蒙了众多洋人的脸谱,日见挤轧于书肆。细究起来,这也原不足怪的。正如火药,有用以开路者,有用以搏击者,但也有用来做爆竹、放焰火者。同为翻译,相去又何止十万八千里!

有时候便想:鲁迅当年开的路,究是个人走的呢,抑且给后人走的呢?他如此说过:"其实地上本没有路,走的人多了,也便成了路。"在先生的足迹之后,至今到底有多少人在走?这就不免教人生疑了。

在有限的接触中,知道了居然还有那么几个人,在各自做着寂寞的译事,心里的感动是难以言说的。中国当代散文的路子本来不宽,这几年更见其窄,原因盖在于众多的目光都盯在"纯文学"上面。二十世纪八十年代中期,汹涌一时的社会思想开始退潮,相当大批的作家和批评家陆续宣告回到"专业"里去,唯恐"思想"这东西,最终危及"文体"的正宗地位。于是,美学标准变得至高无上。其实，对于知识分子作家来说，只有当他因广泛的社会关怀而获致多方面的刺激，其自主的开放的思想意识，才需要有相应的多样的体裁，技法和风格。任何创造都是一种抗争。在这里，与激情相伴随的不驯的思想永远居于首位，因为只有它，才可以使作家的知识分子角色得以保持而不致丧失。在此之前，我们简直没有权利奢言艺术的纯洁性。至于思想，本身即具有强大的审美冲击力。真正的美学，是思想的对象化；由于思想对艺术的渗入，从而激发内在生命从脑到心的无比丰沛的交流。我不懂弄翻译，不能作章句的推敲；但是，凭着普通中国人的良知，我能确切地感知这些零散的译稿的价值所在，它们不是一般的文学定义所能范围的。这样也就不惮谫陋，自动承担起邀约，催促，收集，以及联系出版之类的事情来。就算是我同另一位朋友一起做《散文与人》时许下的初衷未改：做一个"拾柴人"。只要有火燃着——这就是私下所愿望的。

　　作为一套译丛，而终未以火命名者，盖因另外的一套文丛经由我手已先有了一个我喜欢的名字："曼陀罗"。心想：就让它们作为姊妹书一样出来罢。

1997 年 1 月

（作家出版社 1998 年 7 月第 1 版）

《紫地丁文丛》序

大地养育生命,也养育了文学。

文学与大地的联系,可以从先民的关于劳动、游戏、节庆和祭神活动的文字记载中看出来。其中,生命直觉,生命力,生命状态的表现特别生动而鲜明。后来,文学几乎为官方和专业文人所垄断。当文学被供进廊庙和象牙之塔以后,生存意识日渐淡薄,人生中的辛劳、挣扎、抵抗、忍耐与坚持不见了,多出了瞒和骗,为生存的紧迫性所激发的喜怒哀乐,也被有闲阶级的嬉玩,或无动于衷的技巧处理所代替。文学的根系一旦遭到破坏,枝叶枯萎,花果凋零是必然的事。

写作的专业化促进了文学的发展,但也因此产生了异化。要使文学保持活力，除非作家在与大地的联系方面获得高度的自觉。文学革命往往发生在社会的转型期，不是没有因由的。由于周围的梗阻和痛楚加剧，对于作家来说，不可能不构成某种压力和刺激，为此，他们真切地感知到了大地的存在。这时的文学，是富于生活实感的文学，是郁勃的文学、突围的文学、力的文学。可是，当社会变动渐渐趋于平复时，寄生的、浮靡的、伶俐乖巧的作家就又随之滋生繁衍起来了。

二十世纪七十年代末，中国文学出现了一个带根本性的变化，就是部分蜕去意识形态的硬壳，而重返大地之上。至八十年代中期，无论韵文或散文，几乎同时开始了新的畸变。文体的细化，对于文学创作实践来说，本来便没有什么好处。就以散文论，粗分是虚构和非虚构两大类；倘从后者特意划出"艺术散文"或"美文"之类加以培植，难免流于狭窄和苶弱，全然不见自由的大精神。有人标榜所谓"大散文"，恰恰不是从精神的要求出发，唯是依赖题材，有一类"文化散文"，就是这样应运而生的。这类散文，缀连文史掌故，发掘废墟故址，把时空距离尽量拉大，在"陌生化"的途中，变着戏法贩卖陈腐的帝王思想和臣仆思想（在这方面，尤以电影电视界为甚）。还有描叙不同地域不同民俗者，食也文化，色也文化，实际上与消费主义时尚合流。此外，就是追求形式上的"大"，篇幅冗长，结构庞杂，文风铺张夸诞。总之，"大散文"的病根，盖在于脱离大地，脱离底层，脱离实际生活，以致失去痛觉。

本丛书所编为非虚构散文，广义的散文，不拘记叙、抒情、议论，不限文章、日记、书信，重要的是同大地的关联。这其中，有泥土的沉重、朴实、芳香与苦涩，有水的柔润，也有干旱及焦渴。地丁是一种野草，地丁是"地之子"，开紫花者为紫花地丁。紫色，是血的深红外加了幽黯的颜色，可以看作是一种身份或品质。紫花地丁原产中国，具本土性、民间性，全草入药，是古来草野小民常用的疗治诸疮肿痛的良药。矜贵的君子固然大可以卑贱视之，但这似乎也并不怎么妨碍它的生长，自然也不妨碍对它的利用。这里拿来做丛书的名目，用意在强调它的野性，与大地的联系；究其本义，简括一点说，也就是为人生罢。

是为序。

（花城出版社2006年4月第1版）

《忍冬花诗丛》序

惠特曼从他的经验主义出发，强调说："只有二流的诗歌才能马上博得人们的欢心。"人们普遍习惯地把阅读当作一项现成的精神性消费，厌恶咀嚼和思考，因此，一流诗歌的深刻的内涵和独创的艺术，对他们来说，不免觉得生疏，甚至本能地加以排斥。

诗歌一要诚实，二要热情，三要文采。其实，这些同样地为其他的文类所需，只是叙事性作品尚可凭借故事的链环紧扣读者，通过满足窥私欲，以减少对知识与趣味之外的期待，从而掩盖其根本性的缺失。而诗歌不然。诗歌是赤裸裸的，连文采也是构成诗性本质的一部分，并非附加的藻饰。从远古的年代起，我们的诗人即已学会拍马、撒娇、逢场作戏；在我们的诗歌遗产中，便有了大量的应制诗、酬唱诗、神仙诗、节庆诗，看题目做诗，等等。毋庸置疑的是，存在着一个僵化的、隐瞒的、闲逸的、淫靡的传统。这个传统在深厚的民族文化中得到滋养和维系，即使由旧诗而入新诗，从现代及于后现代，日日竞逐新奇，只要精神如故，就不能说诗歌的历史面貌已然改变。

"人间要好诗"。无论妙手偶得，或是耽于经营，都有可能产生好诗。但是，当得起一流的诗歌，往往更容易看出诗与诗人的关系；诗人借此显示了生命的深度，以及非凡的素质，其中包括艺术气质、知识修养、道德感，等等。这些主体性因素，决定了诗歌的品质。只有一流的诗人，才配写出一流的诗歌，而一流的诗歌决不可能出自末流诗人之手。惠特曼评论说："人人都写诗，但是连一个诗人都没有。"其实，这就是诗人大于诗的观点。

真正的诗人具有热爱人类自由的天性，因此，对于人类的生存处境，便不能不有所萦怀。其中，他们最不能忍受的是专制和奴役，被侮辱者和被损害者的不幸，使他们深感苦痛，但因此，也就容易趋向爱的反面，激起憎恨和反抗。鲁迅鼓吹的"摩罗诗人"，如拜伦、雪莱等，就是这样的诗人。也有诗人因出身优渥而尊奉泛爱论者，虽然反对革命暴力，却也并不讴歌罪恶统治。个别诗人的活动极其有限，所爱也仅限于自己、爱人或上帝，如狄金森；但是诗中充分地表现了人性之美，诗人从不胜寒的高处发掘内心，终至超越海平线，出现令人惊叹的精神奇迹：湖比海深。

自然，所有这些都必须被赋予诗的形式，缺乏个性化的形式，不足以称第一流的诗歌。而且，形式从分行、修辞、节奏和韵律，一直到风格的确立，都有一种近于暧昧的元素、气息或氛围缠绕、弥漫、浸淫其间。大约这就是生命和生命感觉的外化。诗歌是一种生命现象，而生命是神秘的。倘若诗行与诗行之间特别的平直畅达，犹如北京王府井大街的人行道，那么，它有可能是合格的宣传品，但绝非一流的诗歌。

基于这种诗观，《忍冬花诗丛》唯在当今中国的诗坛中寻找自己的目标：优秀的诗歌和诗人。忍冬，属忍冬科多年生半常绿灌木，非经名园培植，而长于田野榛莽间。叶对生，呈卵形，有柔毛。夏季开花，初开为白色，稍后转黄，黄白间错，故有"金银花"之称。花清香而苦涩，阴干可入药；藤茎亦可入药，"凌冬不凋"，故名忍冬。以忍冬邀集诗人，取其性质相近之故耳。

是为序。

(花城出版社2004年5月第1版)

荫　影

《狱中书简》编后记

在《狱中书简》改版重印之际,我不由得想起为编辑此书搬运柴薪的殷叙彝先生。

新世纪刚刚开始,我调到一家报社,成立一个工作室做出版工作。三年间,先后做过几套书,有一套名为"沉钟译丛",计六种,记得陈乐民先生曾经撰文推荐过。其中有一种为卢森堡的著作,编辑时把《论俄国革命》和《狱中书简》放在一起。书简部分采用"文革"前人民文学出版社的本子,其余很大一部分,是中央编译局殷叙彝先生专门为我搜集提供的。

那时,我未曾见过殷先生,只拜读过他撰译的关于国际共运和东欧问题的文章。电话里,我向他说明编辑意图，他非常赞成，特别是认为把《论俄国革命》从卢森堡的文集中抽出来独立出版是极有意义的。我说，卢森堡系狱时间很长，往常信件应当还有不少，希望他代为搜集。不久，即收到他挂号寄来的复印件。他告诉我说，目前能找到的卢森堡狱中的信件都在这里了。德文部分怕我找不到人翻译，他已先行替我找人译了；至于英文部分，说是懂行的人多，相信我能物色到合适的译者。说起艰难寻得的资料，他很兴奋，至今回忆起来，仿佛还能听得见电话那头传来的苍老的笑声。

书出版了几年后，殷先生又把一批卢森堡的书信寄了来，可见念兹在兹。其时，我已重回出版社工作。得到新的材料，我随即找人译出，连同原来的书信合到一起，做了一个单行本，就是目下所见的扩大版的《狱中书简》。

殷叙彝先生同郑异凡先生南来开会，特意打电话约我聚谈，我才第一次，也是最后一次见到这位蔼然长者。后来，我起意编辑出版有关"灰皮书"的书，还曾请教过他。作为"灰皮书"的编著者之一，他听了，立即来了激情，力邀我前往北京，说会替我找到大多数的当事人，组织一个座谈会，除了录音整理，还可以在会上组稿。他提醒说，这批人年事已高，要做赶快做。此事因我给延宕了，座谈会还没开成，殷先生就病倒了。

在殷先生病前，曾接获他寄赠的毕生心血之作《民主社会主义论》。及后，我未改初衷，仍组织并出版了两部关于"灰皮书"的书。可惜出版时，殷先生已经去世多年。"文字缘同骨肉深。"我总觉得，殷先生本人的著作，和他所力促完成的卢森堡的书，甚至"灰皮书"，有着一种很深、很密切的关联。

殷叙彝先生是那种老一代知识分子，身上有一种古典的气质，有信仰、有追求，讲求道德修养，富于使命感和责任感。仅为《狱中书简》一书，前前后后，便倾注了许多心血，使我获益良多。在此，我愿意记下与《书简》相关的一点旧事，并以此纪念殷叙彝先生。

感谢因卢森堡而终于走到一起的人，众多的译者和编者。二十年间，译者中许多已经失联，希望借《书简》改版的机会，做一个单行本重寻彼此，还有那往日的好时光。

2020 年 5 月 14 日夜

（商务印书馆 2020 年 9 月第 1 版）

《同志与情人》编后记

出版社把《同志与情人》的校样寄给我,让我过目。这时,我不禁想起译者杨德友先生,想到他未能看到此书的出版,心中不免难过。

我与杨先生缘悭一面,在他生前,彼此唯靠电话联络。最早通话,回想起来,当始于《寒星下的布拉格》一书的翻译。

《寒星下的布拉格》是捷克犹太女作家、翻译家海达·科瓦莉的回忆录。作者一度关押于奥斯威辛集中营,书中记叙了她先后在纳粹和苏联时期的布拉格生活。《英国电讯报》称此书"是整整一代人的历史肖像;不仅仅是捷克,而是整个东欧"。我托朋友在美国寻得此书,买下版权，同时联系译事。当译稿完成之后，广西师大出版社的编辑方与我联系，谓早前已约请杨德友先生翻译，问是否可用杨译？然而木已成舟，只好谢绝。

不意，某日忽然接到杨先生从山西打来的电话。一个温和的略带沙哑的声音。他一边轻笑着说话，连声称赞海达回忆录，祝贺它能在中国出版。他早知道我无法采用他的译稿，电话里只是请求我，容他把稿子寄过来，让我对照校读，或可从中减少一些错误，使书稿更臻完善。意思很明白，无非希望他的翻译有一点实际上的用处罢了。这哪里算得是请求？分明是一种赏赐！当时，我顿然感到电话那端的老头特别可敬，而且可爱！

《寒星下的布拉格》是我取的书名，杨先生直译为《悲星之下：布拉格生活》。编辑过程中，我多次把杨先生的译法转告译者，大多能得到译者的认同。前前后后，确实改正了手头译本的几处错译，还有其他一些不准确和不顺畅的地方。书出来后，很遗憾不曾建议译者写个后记之类，记下杨先生为本书所付出的劳动，感谢他无私的奉献。只好借再版的机会，对此做出弥补。这是一个错误，这种忽略原本是不应该发生的。

过了不久，我看到一条海外的书讯，说有一本卢森堡给她的情人莱奥·姚吉切斯的书信集，二十世纪七十年代在纽约出版。卢森堡是我景仰的革命家，读过她的文集和各种传记，编辑出版过她在斯大林时代被列为禁书的《论俄国革命》，还有《狱中书简》。得知她有这样一部"情书"，非常兴奋，立刻让美国的朋友买下寄了来。

拿到原书之后，首先想到杨先生，便径直给他挂电话，请他翻译。他爽快地答应了，说手头还压着几部待译的书，但愿意给卢森堡让路。还告诉我说，著名的卢森堡研究专家程人乾先生是他所在的山西大学的校长，生前经常和他谈说卢森堡，因此印象深刻。书寄出之后，大约过了三几个月，译稿已经来到了我的桌面上。

我通读了全稿，译得很有神采。在一些有疑问的地方，我划出记号，注上文字之后寄还杨先生，请他再梳理修饰一过。杨先生实在是一个热情又谦和的人，定稿时发现，许多地方都接受了我这个门外汉的意见，重新翻弄过了。

我将《同志与情人》，连同原先编就的《狱中书简》，作为姐妹书，交由当地一家出版社出版。集中了两个带自叙性文本，本意在突出卢森堡热爱自由和富于情感的一面、人道主义的一面，力求呈现"嗜血的罗莎"作为一个革命者亦刚亦柔、水火兼容的完整性形象。阅读卢森堡，我相信，将有助于揭开二十世纪末鸦噪一时的"告别革命"论对历史真实性的遮蔽,纠正长久以来对革命和革命者的一种建基于唯暴力论的传统的误判。后来,出于某种可理解的原因,两书出版的事中途被搁置了下来。

杨先生曾经询及译稿的情况,我做了解释,从此不复过问,直至去世。我感觉,杨先生对我是信任的。信任是一种负担,令我想起鲁迅在白莽《孩儿塔》序文中的比喻,说存放亡友的遗文,就像手里捏着一团火,企图给予流布。杨先生的遗稿,在我也有着同样的焦灼之感,何况里面还真藏着一颗灼热的灵魂呢。

我把卢森堡的两部译稿交给上海的一位朋友,曾为我的著作做过责任编辑的周向荣女士。她离职后,把稿子转给商务印书馆的龚琬洁女士,同时告诉我,龚女士正好是一位喜欢卢森堡的人。从纽约到广州,到西安,到上海,然后到北京,卢森堡在纸上辗转了这么多个城市,总算找到一个落脚的地方。

日前,我找出一本《怀旧的未来》来读,赫然见到杨德友的名字。书买了许久,到手时瞥了一下便塞进了书堆,顾不上作者和译者。原以为是一部闲书,实际上是一部独特的文化史著。这部书提醒我,杨先生定然译过不少为我所未见的书。打开"百度"查看,这个杨德友和别的杨德友混在一起,在众多照片中,他的似乎只有一张。介绍说是1938年生人，八十年代以后在美国多所大学作访问学者，曾被波兰驻华大使馆授予"传播波兰文化波兰外交部长奖"，译著约三十种左右。此外，不见有评论的文字。我找到杨先生的外甥女，香港城市大学教授魏时煜女士，问及杨先生情况。她随即发来多份资料，其实是一份扩大了的书单，外加当地报纸的介绍，以及杨先生本人的自述，统共不足三千字。这就是杨先生的个人史的全部。

杨先生的翻译成就，与他在知识界的声名相比，显然极不相称，这使我感到惊异。统计一下，我购得杨先生的译著共有十余种，《未来千年文学备忘录》在文界颇流行，其他像《理解俄国：俄国文化中的圣愚》《帝国意识：俄国文学与殖民主义》《托尔斯泰与陀思妥耶夫斯基》《梅列日科夫斯基与白银时代》《未完的对话》等，关于知识分子与自由，政权、制度、意识形态与文学的生成，民族主义、民粹主义的凝集现象及其强制性、腐蚀性影响，所论都极富于启发的意义。杨先生所译，遍及文化、文学、宗教、哲学、历史学、心理学、教育学诸多领域，涉及英、俄、波兰等多个语种，除了学术论著，小说、诗歌、传记，乃至书信集、歌曲集都有译本，各有匀称漂亮的体裁。一边译理论，一边译诗，当是何等的左支右绌，在杨先生这里却是得心应手。如此广泛而不失精到的翻译，国内几人可以做到？仅三十种译著数目，体量之大，在翻译家中也是罕有的。然而，当人们谈论读书，谈论文化的时候，竟未曾听到有人说起杨德友！

我很感慨，和魏时煜女士谈起来，她说，在她的印象中，杨先生从来是一个低调的人，即使条件优渥，也不会有什么改变。她还告诉我，杨先生本来是北京满族后代。1957年时，考进北京外国语大学，因为同情"右派"，被迫转学至山西师范，从此一直困居太原。当时北京有不少学生被打成"右派"，其中，林昭就是由反右积极分子转而同情"右派"，终至划为"右派"的。据说运动规定低年级生不"戴帽"，杨先生正好念一年级，幸得宽大处理，仅指定从此不许返京而已。然而，魏女士说，这对杨先生的打击特别大。他热爱北京，把他从故土流放至边远之地，可让他在内心里挣扎了整整一生。

我发现，杨先生的几十部译著，还有许多译文，都是在"文革"后爆发般地集中发表的，令我想起太史公《报任安书》中关于"发愤"著述的话："此人皆意有所郁结，不得通其道，故述往事，思来者。"杨先生所译，以文化著述为多，尤其是俄国文化，俄国知识分子的思想与文学。其中的自由、苦难、乡土感、人民性，在老一代知识分子中是有影响的。在译博罗夫斯基的《石头世界》时，杨先生自白说，翻译这位波兰作家小说的过程，就是他长达几个月"梦魇连绵、睡眠不安的日子"。"为了哀悼几百万无辜的亡灵"，他说，他愿意"在精神上勉为其难地陪伴他们"。他译密茨凯维奇、米沃什、申博尔斯卡，他人酒杯里的那些激愤的、忧伤的诗句，想必要使他微醺的了。

与其说，翻译是杨先生的一种生活方式，毋宁说是生活本身。说到杨先生，魏时煜女士在信中强调指出，一直没有能回到北京工作，是他一生的隐痛。她认为，杨先生在山城太原，很少有人能够和他平等对话，所以是寂寞的。这种寂寞，她和全家人都很了解。于是我想，杨先生一定把翻译当成重现的家园，从中建造、耕耘、种植，通过日夜不停歇的劳动，借以驱除内心寂寞的罢？

寂寞养育了一个人的灵魂和文字，这个人，连同他的文字是我所信任的。寂寞是噬人的事，没有人甘受如此西西弗斯式的自我折磨，尤其对现时代的知识精英而言。

2020 年 4 月 27 日

(商务印书馆 2020 年 9 月第 1 版)

《献歌及其他》编后记

刚上初中，从一位"右派"老师处见到出版未久的《游思集》，爱不释手。精装，天蓝色封面，上面有线描的一位印度女郎在舞蹈。内文更使我喜欢，仿佛隔着恒河，诗人在远端诉说，译者在近端响应，回声曼妙，清澈、优雅、飘逸、蕴藉、幽玄不可言说。是典型的东方风格，而不乏现代的气息。从此，我记住了汤永宽的名字。

后来陆续读到汤先生译的卡夫卡、海明威，包括萨特论存在主义的小册子。十年前，编选《现代散文诗名著名译》丛书时，顿然想起《游思集》，这才同汤先生有了直接的联系。

电话里，汤先生是淳厚的，热情的，声音苍老重浊，照片却是一派温文尔雅。为了我的约稿，他不但重校了旧译《游思集》和《采果集》，还特意译了《献歌集》，也即《吉檀迦利》。至今，我仍然信任汤先生的译文，认为是泰戈尔散文诗中译本的最佳者。其时，他已是八十余龄的老人，想不到译笔竟还如此年轻。他告诉我，译完《吉檀迦利》，将回老家一趟，将藏书全部献给当地图书馆。我听了很感动，西风残照，有一种悲壮的意味。不日收到汤先生寄来的诗稿，心想，这当是他写给我们这个世界的最后的"献歌"了。

趁"文学馆"开馆之际，我把汤译泰戈尔再度带了进来，谨此表达内心里对汤先生的深切的敬意和怀念。

2017 年 6 月

（花城出版社 2017 年 8 月第 1 版）

《陈实诗文卷》代序

诗人、翻译家陈实先生已于 7 月 1 日中午在香港去世。次日,黄元女士来电话告知了这个消息,接着转达陈实先生生前的一份嘱托,希望我能为她即将出版的诗文集做一篇序文。我深知这份托付的分量。二十年来,由我联系、编辑和出版的陈实先生的译著有四种,遗憾的是,始终缘悭一面,其间有过不多的几次电话和通信,都是因为书稿的缘故。至于陈实先生的生平经历,几乎一无所知。

幸好留下这么多文字。对于真正的写作者来说,文字会展现她的一切,即便隐没了行迹,而精神仍将长久地存留原处,接引来者识辨跟寻。心想,对陈实先生来说,其实这也就够了。

越一日，黄元女士亲自带来陈实先生的文稿，还夹了几封私人通信，特意为我介绍她所认识的陈实先生，从生活到写作，巨细靡遗。她是陈实先生的挚友、版画家黄新波的女儿。听她的描述，感受那份热情、亲近、敬重，心里不禁起了一种莫名的感动。

文稿不包括译文，书信一类文字也不在内，只是创作，但都属于诗和散文；《流沙》在编目上称小说，其实也是散文。看来她特别喜爱这两类文体，大约这与她一生渴望自由呼吸有关。几年前为她出版过的集子《当时光老去》自然收在里面，那是她创作的一个小小切面，关于绘画和音乐的。而此刻，打开在我眼前的，乃是她穿越两个世纪的整个的精神人生。从前看她的文字，多是澄澈的溪水、月光和花朵，这时却看见了火和灰烬，还有身后的深渊。

从显白的意象到幽隐的思路，无论多么繁复和对立，都在交织着同一个主题，就是爱：爱自然、爱艺术、爱人类。陈实先生年幼失怙，随同母亲艰难度日，太早进入社会，辗转谋职。我以为，这段经历对她一生的影响是深刻的。因为爱的匮缺，所以她渴求；又因为有了爱的接受，所以她能给予。她爱善与美的一切，且能升华至一个圣洁的境界，有一种宗教徒式的关怀。但是，在文字中，她又不像泛神论者惠特曼那样浩浩天风般抒写抽象的人类之爱，她的爱总是具体的，具体的事物和具体的人。"我必须歌颂那黑暗中的坚忍、孤独寂寞的等待"，她这样歌唱早夭的蝉，风雨中折断的米兰，挣扎向上的鸽子，垂死的天鹅……在《人，猫鼠之间》等篇什里，她写了被歧视、被迫害、被遗弃的小动物，表达了一种欲爱而不能的伤感，期冀生命互助和心灵相通。她写了底层的人物，写童工，写失去丈夫的女人，失去儿子的庄稼汉……她把所有这些人认作"面貌不同的孪生兄弟，没有年纪的差别、性的差别"，担负着共同命运的一群。

陈实先生把心底的爱献给无名的弱小者、伤残者、无家可归的人。对于她，爱不仅是一种情感，而且是一种信仰，她借此默默地守护着生命的尊严，人的尊严。

对朋友的挚爱，在陈实先生的作品中占有很大的份额，同时也是最动人的篇章。她自称朋友很少，二三人而已，而且极少交集，唯凭书信往来，甚至连书信也没有。朋友或者早逝，或者远别，文化圈中的社交又不是她所能适应的，可以想见她在香港这样一个繁华之地的孤独与寂寥。她有一首短诗《不在的人》，是阐释肖邦的《前奏曲》

的,其实是对友情的缅怀:

> 为你把靠椅
> 放在书架旁边
>
> 为你把座灯
> 放在靠椅旁边
>
> 靠椅空着
> 座灯亮着
>
> 让它亮着

最后一个叠句用得真好。记忆、想象和意志中的永恒。为了这份友情,陈实先生珍藏它,又时时打磨它,展示它,让朋友的工作及其品质在人前放出银器般的光芒。

诗人戴望舒是最早帮助她发表作品的人,我见过陈实先生的手稿上留有他的修改的笔迹。她似乎惋惜戴望舒让翻译过多地占用了创作的时间,曾经说:"如果你没有花那么多时间介绍西方文学到中国,如果你把用翻译近百万字散文和万多行诗的时间都用来写自己的诗,你今天在创作方面的成就会是怎么样的景象？"但是，她对于戴望舒所信守的"独乐乐，不如与众"的观念是理解的，服膺的，所以会暗暗追随。可以看到，她一生的写作同样以介绍西方文学为主，译文的数量，也同样远远地超出于创作之上。这不仅仅关乎写作，这是一种人生态度，一种襟怀，一般人不容易做到的。

论交情，陈实先生与画家黄新波之间更为深笃，她用"达到披肝沥胆的程度"来形容。早在抗战期间，他们一同在昆明英国东南亚盟军心理作战部工作，胜利后又一同复员香港，一同创办人间画会和人间书屋，做进步文化的拓荒者和播种者。自1949年黄新波离港之后，两人见面只有两次，其间甚至连单独深谈的机会也没有。陈实先生写过多篇关于黄新波的诗文，或介绍他的为人，或阐释他的画作，或诉说朋友间久积的情愫。记得有一篇题为《一次失去的会面》的散文，是纪念画家逝世十六周年而作的，可谓文情并茂，我首次把它编入《散文与人》丛刊发表，并多次向人推荐过。作为朋友，陈实先生为黄新波在内地担任行政工作，身历连绵不断的政治运动，耗费了一生的时间而不能专注于艺术创作感到不平；她高度评价黄新波的极有限的油画创作，不甘心于他后来的中辍，以为有"野心"而得不到扩展，是画家在油画方面的损失。这是艺术批评家的话，也是朋友的话；除了陈实先生，大约世上再没有第二个人为黄新波说过类似的话了。

她这样评说黄新波的责任感："这不是对一个人或对一个民族的责任，而是对人类的责任，整个地球的重量压在他头上。"她这样评说"新波的风格"，说他"把生命如此自然地渗透在作品"，"笔下的人物，无一不含有他自己的生命的一部分"。她这样评说黄新波的精神追求："隔离了物质世界，天地阔了，层次多了"，"他要借一种精神上的英雄行为来补救自己肉体上的怯弱的，苦痛的企图。"我以为，这些话，都不妨读作陈实先生的自白。

一个内心为爱所充盈的人，很难设想会生出憎恨。其实不然。从前，陈实先生的诗文给我的印象唯是纯粹而温静的爱，而今才发现，她的憎恨也是非常炽烈的。

爱是人性中的善，而恨，并不代表恶。恨是一种形态，不是本质。爱之敌唯是恶：恶人与恶行。在现实世界中，当恶横行无忌时，人类仅仅有爱是不够的；拒绝恨的结果，必将构成对善的侵害。鲁迅说，"能憎，才能爱"，这是的确的。

陈实先生是大爱者，也是大憎者。我不知道，原来她在二十岁的花季，就已经成长为一位反法西斯战士了。那时，她写的处女作《人与蝙蝠》，就是一首与黑暗和魔鬼作斗争的战歌。诗中写一个寻路的人，在夜间拒绝吸血鬼蝙蝠的诱惑和威胁，向太阳借了火种，烧毁"黑暗的巢穴"，最后以自我牺牲为追求者指示方向。全诗洋溢着一种英雄主义的激情："即使一足踏上死亡的边沿，也要写出人类光荣的凯旋！"

二十世纪六十年代的"文化大革命"是中国历史上的一场浩劫。运动之初，陈实先生写下《我造反的兄弟》，可见她的清醒。"焚书坑儒的灾劫/不过改换时空进行"。那是一个造神运动，她宣告："所有的神都已死去"；当人们都在诅咒行凶的红卫兵时，她发出了更深层次的追问。但是，她不知道要等到什么时候，"迷途的兄弟才会放下屠刀"，于是止不住为祖国母亲痛哭：

> 冬去春来，夏去秋来
> 岁月默默流转
> 而汉唐只是昨日的事
> 邯郸仍在枕中
> 母亲母亲你近在咫尺远在天涯
> 纵有三千丈白发
> 缚不住我乡思难收

> 记忆中你永远风华绝代
> 我为你哀哭为你心碎……

陈实先生的许多亲友都在"文革"中惨遭不幸,"文革"在她那里,是一个永远挥之不去的梦魇。

在陈实先生的文字中,令我感受最深的,是写于同一个夏天的两封信。那时,黄元女士身在异国,她遂向远游的小友报告身边的见闻。事情应当对她刺激太深,所以才有了一种不能已于言的急切的笔调。信中一连用了"失望""忧心""激愤""沮丧""羞愤"一类形容心理状态的词,还有不少副词如"很""非常""实在"等等,以及大批问号。其中一封信明显地被泪水洇了一大片,字迹模糊,却见渍痕历历。汪洋般的大爱,让我在读信的时候,立刻想到德国著名的女版画家珂勒惠支。

东欧剧变时,黄元女士目睹了柏林墙的坍毁,写信不免描述一番民主德国人奔向西方的人潮汹涌的情景。陈实先生的回信显得很兴奋,她认为,"民主改革已经形成潮流,不是小撮人可以扭转的"。在信中,她使用了"国际大气候"的词。临末,她这样说道:"我真希望自己年轻十年,跟你一起努力建立一个有希望的中国。"

陈实先生的作品不多,但是澄明、深邃、精微,质朴而优雅,格调很高。看得出来,她承续的是西方文学和五四文学的根脉;其中透达的精神性,恰恰是当今内地文学所缺乏的。对于物质生活,她平素没有什么希求,说是"只要有书,有音乐,有花,生活已经够好了"。她就凭借这有限的介质,进入无限界的精神空间,在那里,与伟大的灵魂自由来往。她记录过一个"贪恋中的人物"谱系:莎士比亚、鲁迅、歌德、罗兰,还有贝多芬和肖邦,戈雅和高更。他们是百科全书式的人,思想者、奋斗者、美的缔造者、人道主义者和英雄主义者。

她崇仰英雄的行为,不满于自己的脆弱,而努力成为精神的强者。然而,由于她说的"知识分子对于悲剧的感受性",在社会和人生中,她更多地看到悲剧的存在,感受其中最深最黑的痛苦,尤其到了晚年。

她有一首诗,阐释德沃夏克的《浪漫小品》:

如果用二十年时间

灌溉一株优昙华

开的花竟是蜻蛉

如果用三十年时间

等一个异地的亲人
接到的却是一纸讣闻

如果用四十年时间
熟读世上的字典
之后变成盲人

如果用一生时间
追求一个理想世界
找到的原来是废墟

叹一口气,认识
天地从来不仁

可以说,这是陈实先生一生的总结,对社会,对自己。无须辩白,这是悲观主义的。

人届晚年,如她所说,"立冬以后",季候肃杀,故人凋零,更形孤独。她青年时得过肺结核病,身体本来便弱,此时更弱。八年前患绝症,五年前眼疾加剧,几近失明,阅读要借助仪器把字放大,书写也是大字;但她仍然工作,入院仍然工作,直至停止呼吸。在绝望和痛苦中坚持工作，当是何等悲壮！

陈实先生的一代，是理想主义的一代，在压迫和斗争中过来的一代，富于思想力和行动力的一代。今天，当我写下此文给又一位老人送行时，分明望见，整整的一代人已经渐行渐远了！

2013 年 7 月 18 日

（香港天地图书有限公司 2015 年 2 月第 1 版）

《远去的人》编后记

子曰:"逝者如斯夫,不舍昼夜!"

时间有如逝水一去无迹,所以,过往的记忆总是令人珍惜。正如普希金诗里所写,哪怕日子充满苦痛,在记忆之中,也将变成亲切的怀恋。

记忆有两种:集体记忆和私人记忆。前者指社会事件、社会生活,构成为个体生存的外部环境,后者关于个人的人际关系及日常生活,有许多不为人知的隐秘的内容。与个人生活密切相关的记忆是亲近的、细密的、深入的,往往刻骨铭心。社会上的事情要为个人所铭记,大抵与个人命运相关联,故能唤起切身的感受,从而使生动的细节得以保留。

这个集子，所选多是对已故人物的回忆，其中又多是自己的亲人和师友。母亲故去已逾十年，至今未曾为她写下一点纪念的文字，是我最感愧疚的事。对于记忆深长的部分，本意等候一段安静的日子到来之后慢慢地写，然而累月经年，一直生活在芜杂和焦躁之中，结果只好延宕着不曾着笔。

集子中多出两位"公众人物"：王实味和遇罗克。一个是前革命时代的人，一个是同龄人，经历过"文化大革命"，但都同样以文字罹难，仿佛是历史峡谷中的一个意味深长的呼应似的。他们于我，并不像其他的人那样有着实际生活中的联系；所谓"文字缘同骨肉深"，阅读他们的文字，却使我切实地有着一种亲缘的感觉，而不曾间断精神上的往来。

远别的小屋，油灯，松鼠，也都是我所怀念的。在此，我不由得想起庄子的"齐物论"。在个人的情感世界里，无所谓伟大与平凡的绝对限界；最卑微的事物也可以成为圣物，一样有着恒久的炫目的光辉。

2014 年 5 月 3 日

（复旦大学出版社 2014 年 9 月第 1 版）